在生活之上

刘院福 著

北京日报出版社

图书在版编目（ＣＩＰ）数据

在生活之上 / 刘院福著. -- 北京 : 北京日报
出版社, 2019.9
ISBN 978-7-5477-3382-0

Ⅰ. ①在… Ⅱ. ①刘… Ⅲ. ①随笔－作品集－中国－
当代 Ⅳ. ①I267.1

中国版本图书馆CIP数据核字(2019)第130004号

在生活之上

出版发行：	北京日报出版社
地　　址：	北京市东城区东单三条 8-16 号东方广场东配楼四层
邮　　编：	100005
电　　话：	发行部：（010）65255876
	总编室：（010）65252135
印　　刷：	北京欣睿虹彩印刷有限公司
经　　销：	各地新华书店
版　　次：	2019 年 9 月第 1 版
	2019 年 9 月第 1 次印刷
开　　本：	710 毫米 ×1000 毫米　1/16
印　　张：	12.5
字　　数：	100 千字
定　　价：	39.80 元

目 录

第一卷：心美，一切皆美

第二卷：遇上一个懂你的人

第三卷：放下，才能活出新生

第四卷：所有的遗憾都是成全

第五卷:欢喜,自在

第六卷：成败得失，敢于承担

第一卷

心美，一切皆美

心美，一切皆美

云总是高高在上，俯瞰大地；水总是谦谦流淌，滋养万物。

云高，但从来不会骄傲；水低，但从来不会自卑。无论云有多高，水有多低，云和水都总是那么的自由自在，心无挂碍。

因为，它们从不执着于自己的形体，也从不停留在任何一个地方。云无论飘到哪里，都是自在；水无论流向哪里，都是欢喜。

美、丑、善、恶，都是他人的评判。他人看到的，也都是他们内心的投影。眼睛是心灵的窗口，每个人看到的一切，都是心灵的外现。

一个投资人，走到哪里看到的都是商机；一个音乐人，走到哪里听到的都是音符。

每个人看到的世界，都只是摘取符合自己需要的那个点；自己不需要的，就不一定看不见。因而，对与错，善与恶，都只限于个人的评判，而非本有的状态。

因此，当别人否定你的时候，你就会明白：他真正否定的其实不是你，而是他自己。没有美好的心灵，当然看不到世间的美好。一个内心阴暗的人，看到的当然都是别人的缺点。

当然，我们不需要活在别人眼里，不需要活在别人嘴里。因为，每个人活的都是自己。你可以说你在为别人而活，但是你要明白：你所谓的为别人而活，也只是为了自己在别人心中的美好形象，为了达成自己想要的某种结果。

拥有一颗清明的心，看到什么都是清爽的，怀抱一颗烦乱的心，走在哪里都是烦躁的。熙熙攘攘的人群中，胸怀一颗寂寞的心，那么繁华的闹市便宛若大漠般荒凉。

云水禅心，是要活出自在欢喜的生命状态。之所以烦恼，就是因为心怀太多烦忧的执念、太多的停留。不停留，必自在；不执着，自欢喜。

心量大了，问题就小了

一个人会在什么时候产生负面情绪？大多是在遇到自己无论如何都无法心平气和处理的事情时。

很显然，没有人喜欢发脾气、闹情绪，大部分时候只是因为控制不住。

是的，情绪是很难控制了的，你可以做的，是提升自身的格局和改变自身的心态。

站在窗前和站在楼顶所看到的景物和关注的重点肯定是完全不一样的。

然而，景物大小并没有变，变的只是你的格局——站得高，看得就远了。心量大了，问题就小了。

当然——心量越小，问题就越容易变大。

所以，我们之所以闹情绪，并不见得问题有多大，而只是因为，我们的心量太小，见识太少。

心量小到容不下别人的一句话，容不下别人的一个行为，容不下别人与自己有不同的看法，容不下别人对自己的不认可，容不下生活中种种的逆境，容不下事业中种种不可预料的坎坷，容不下失败和嘲讽，甚至，容不下的只是别人的一个眼神。

没错，心量越小，容不下的就越多。

很显然，容不下的事情越多，所产生的负面情绪就会越多。

心量大，大肚能容，容天下难容之事。

所有以前容不下的，所有以前看不惯的，所有以前接受不了的，所有以前无法面对，都能够轻松容纳，坦然面对——诚能如此，你还会产生太多的负面情绪吗？

庄子说：至大无外。一颗心，大到再也没有外面，那么，生活中，还有什么事情是容不下的呢？

打开内心的门窗

你以为受到了委屈,你就在自以为的委屈里流泪;你自以为受到了伤害,你就在自以为的伤害里伤心;你从小就自卑,你就在自以为的自卑里退缩。

人会在脑海里创造一个属于“自以为”的世界。

无论现实里发生了什么,人都会通过头脑,对现实世界做一番加工。所以,每个人看到的世界,都是被自己的头脑加工过的世界。

因此,你的心里有什么,你看到的世界就是什么。

如同佛印和苏东坡，佛印心中有佛，看苏东坡就是佛；苏东坡心里有牛屎，看佛印就是牛屎。

人的可敬也在于此——你看到的世界，都是你心里的样子。

既然如此，你不妨在你心里，创造一个美好的世界。

很多人都在追求感受，追求境界，殊不知“一切有为法，如梦幻泡影”，所有美妙的感受，都是暂时的虚幻。

唯有一颗平常的心，才是真正恒常不变的。老子说：“道之出口，淡乎其无味！”

打开心内的门窗，放下所有的自以为是，在平常的日子里，活出一颗平常的心。

你当然也可以经历疯狂，但是你要知道：所有的绚烂终将平淡，所有的疯狂过后，最终都要归于平常。

酣畅淋漓活一回

在你的岗位上，发挥出你最大的能量。

心甘情愿地做事，无怨无悔地付出。不辜负生活中每一分钟、每一件事、每一个人。

既然来到这个世界，就不要碌碌无为地过一生。既然活在人世间，就要酣畅淋漓地活一次。

禅宗有句话：就路还家——就在你原来的人生路上，在你原来所做的事上，活出清净无染的本真，活出生命无限的精彩。

如果你是一个教师，你就在教师的岗位上，身体力行、以身作则地教给学生一种大无畏的生命态度。捧着一颗奉献心来，传播奉献的人生。

一灯能灭千年暗。生命的意义不在于你能让多少人记住，而在于，你能引导更多的人活出生命的真相，活出无限的精彩。

你没有成全别人，你只是成全了你自己。

你是一个企业负责人，你就在自己的岗位上，让职工衣食无忧，安居乐业。

你只是一个员工，你就在你的本职工作上，以公司的兴旺为己任，做好自己的本职工作。

你只要明白，你所做的一切，都是为自己而做。

你不是在为别人打工，你是在为自己谋生。为自己，全力以赴，无怨无悔。

如果你是一个全职妈妈，你就在你琐碎的生活里，活出一种淡定安然的生命状态——活给自己看，也活给孩子看。

假使你是一个赌徒，我劝你还是换一种更有意义的人生。不为了自己，也要为了你的父母、你的爱人、你的孩子。

静水流深

有一种静叫死静，有一种水叫死水。

有一个僧人四处云游参访，遇到一个颇有道行的老婆婆。老婆婆有意成就他，给他盖了一座茅庵供他闭关参禅，并派芳龄二八的孙女每日给僧人送饭。

三年后，老婆婆想考验一下僧人的境界，叮嘱孙女给僧人送饭时故意挑逗一番，看看僧人的反应。

孙女在奶奶身边长大，也颇有几分道行。她按奶奶的吩咐，送饭时满怀温情地抱住僧人，娇羞地问道：“你现在的感觉如何？”

僧人只回了一句：“枯木倚寒岩，三冬无暖意。”

老婆婆听僧人如此说，一把火把茅庵烧掉了，还不忘痛骂一声：“我这三年竟供养了一个俗汉！”

茅庵烧了，僧人只能“跑路”了。他边跑边想：二八佳人投怀送抱，我如柳下惠一般坐怀不乱都不行，老婆婆到底想让我怎样呢？

枯木倚寒岩，三冬无暖意——心如止水一样，不为外境所动，也是好的。

心静如水没错，但不能心如止水。水只有在一种状态下才完全静止不动，那就是——冰。一个活成“冰”的人，所有他身边的家人，都会感到寒意。

老子曰：上善若水。

水是活的，遇方成方，遇圆成圆，能适应任何一种不同的环境——无论是高山泉水，还是山涧溪流；无论是江河湖海，还是路边的水沟；即使是冰，也是水在零度以下的一种自然顺应。

一个成熟的人也应该像水一样，无论在任何环境、任何状态、任何境遇下都能随遇而安。

如果一个人，只能在安静的环境下心才能平静，在喧闹的环境下就会烦躁不安，那怎么谈得上心静如水呢？那就是一棵墙头草而已，心时时处处都为外境所扰。

前面的故事还没有完，茅庵烧了，僧人跑了，三年以后，僧人又回到老婆婆这里。老婆婆重新盖起一座茅庵，再次供养僧人闭关参禅，还是派孙女给僧人送饭。

三年之后，老婆婆还是像上次一样，让孙女试探一下僧人修行的境界。孙女又一次抱住僧人，问："现在感觉如何？"僧人答道："天知、地知，你知、我知，莫教你家婆婆知！"

老婆婆听到后，又一把火把茅庵烧掉了。老婆婆欢喜地对僧人说："枯木逢春！恭喜你终于开悟了！"

17

静水流深

静水流深，无风无浪的时候，大海看起来是平静的；但是，在平静的海面之下，在海底深处，却有一个神奇无比的海底大千世界……

在生活之上

活着，不该被生活中的压力束缚，不能做负面情绪的奴隶，不要活成一个“负能量人”。

做什么都没劲，吃什么都不香，玩什么都不开心，看什么都无意。如今，这种状态的人太多了。

为什么很多人什么都不缺，心里却总是不安稳？

在努力过后，该拥有的都拥有了，该享受的都享受了，可是，活着到底为了什么？这个问题，好像从来没有想过。当初只是想要成功，只是想要金钱，只是想要出人头地。

说白了——只是想着自己。

每天只是工作、家庭、孩子、应酬。有些人生活的激情，就在这样麻木的生活中，一点一点地消磨殆尽。

人，要活在生活之上，要做生活的主人，而不是被生活推着走，成为生活的奴隶。

此时就需要改变生活的态度，主动地生活，而不是被动地活着；要在生活中不断创造乐趣，而不是把生活当成一种负担，当成一种压力。

去服务身边的每一个人，而不是把他们当成累赘，当成烦恼的对象。

从前，只想着自己的成败、自己的得失、自己的享受；现在，要多想别人，多想身边的每一个人——每一个人，都是自己。

把生活放慢，心境放大，境界提升。

换一种新的人生——不再只想着自己，清醒地看到：没有别人，也就不会有自己。

从此刻开始，要为更多的人活着。

路走到了尽头，就要换一条新路，换一种新的活法，新的人生态度。这未尝不是好事。

生命就是这样，由一个低谷，走向一个高峰。

一切都是最好的安排。

水低成海

人，无论何时，都不应该自以为是，自以为了不起。

心胸狭小的人，才会看不起别人。

为何总是看不起别人？其实是骨子里瞧不起自己。一个人有多自傲，就有多自卑。

孩子从小受到父母过多的否定，做什么都很难得到父母的认可，这样的孩子长大后就会特别自卑。为了掩盖内心的自卑，就会形成一种高高在上的姿态，因为自卑而自傲。

因为害怕别人的否定，就会主动否定别人。你瞧不起我，我更瞧不起你。

山外有山，天外有天。每一棵小草，都有生生不息的力量；每一块石头，都有不可替代的价值，我们，有什么可高傲的呢？

人都想要往高处走，而水从来都只是往低处流。

水流到最低，就会成为大海；人降到最低，方就能成圣贤。古代所有的圣贤，都是把自己的姿态放低的人。见过了了低处的人，才能有机会站到最高。

学问深时意气平。真正有钱的人，从不炫富；真正有才的人，从不自夸；真正有道的人，从不自傲。

像水一样，善利万物而不争。把一切都做好了，却从来不炫耀自己的功劳。

我家地下室有个小型的书库，这个书库只有一个作用，就是不断地提醒自己：我所知的世界，有多小。

谦受益，满招损。人，难免有无知自大的时候，重要的是，及时地醒悟过来。

高高山顶立，深深海底行

那些内心自在的人，不是因为他的生活中没有坎坷，没有磨难，而是因为，他能够接受所有的不幸，直面所有的磨难——因为直面，所以从容。

他们在面对磨难的时候，也会很辛苦，也会身心疲惫，也会焦头烂额，但他们从来不会逃避，也不会抱怨。

在他们眼里，“生如夏花，死如秋叶”不是一首诗，而是一种生命的常态，是人生必经的路程。既然是人生必经的路程，那么，只是经历就好。

一个中型企业，面临几百万的财产损失，如果你是公司老总，你的心情会如何?

唯一可行的办法,就是坦然面对,尽自己最大的努力,将损失降到最低。坦然面对的时候,你就会明白:之所以出现亏损,只是因为,你的公司需要更上一个台阶。暂时的亏损,只是在新的波峰出现之前,必经的小小波谷而已。

风雨之后未必会有彩虹,但必然会有晴朗的天空。

人生的挫折需要直面。该哭的时候不需要强忍着泪水,哭不是软弱,不敢面对才是软弱。哭完了,收拾好自己的心情,继续面对现实的发生,尽自己的全力,做到自己力所能及的最佳状态。直面自己的渺小与无能为力。

很多人的痛苦,是因为不甘心自己的渺小。殊不知,真正的伟大,就是甘于渺小;真正的高贵,就是甘于把自己放到最低——“高高山顶立,深深海底行”,就是一个顶天立地的人。

一个顶天立地的人,不仅可以在春风得意之时高高在上;更难能可贵的是他可以低到尘埃里时仍然不自暴自弃,直面困难。

老子说:江海为什么能成为百谷之王?以其善下之。

百川归海,不是因为大海有多么高大,恰恰相反——百川归大海,只是因为大海“善下之”:能在人生的低谷时,把自己降到最低,毫不气馁地直面挫折。

老子曰:“以其不争,故天下莫能与之争。”能把自己降到最低的人,也就是别人眼中最高的人。

你的不安，是因为害怕失去！

你为什么不安？你怕失去什么？

所有的不安，都是因为害怕失去！

可是，你有什么可失去的呢？

你害怕失去爱情？

爱情不会失去，只会转化，转化成陪伴一生的亲情。你的爸爸妈妈，你的爷爷奶奶，最初，不都是一对相恋的情侣？

你害怕失去地位？

位子永远不会少，你不在了，别人可能会做得更好。

你害怕孩子没有美好的明天？

儿孙自有儿孙福，时代永远在进步，每一个孩子，都是带着新时代的新气象，来淘汰父母的旧时代。

你害怕失去金钱。

金钱永远不会消失，只会不停地流动，从你的钱袋里，流到别人的钱袋里；从遥远的古代，流到如今。

“以无所得故，心无挂碍；无挂碍故，无有恐怖。”所以，当你心有恐怖的时候，只是因为你有所得——你认为你有所得！

因为有所得，所以害怕失去；因为害怕失去，就会不断地加强掌控；越是掌控不了的时候，就会越发的不安。

当你心无所得的时候，你还有什么可失去的呢？

得与失永远都是平衡的。有得必有失，无所得，自然无所失。

无所得，不是因为什么都得不到，而是因为——天下无心外之物！世间的一切，原本就在你心内。

天下无心外之物——你根本不需要得，你本来就拥有一切！

当然，拥有，不是占有。

孟子曰：万物皆备于我！世间万物原本就是为我所用、非我所有的，有什么可失去的呢？

如果有失去，也只是因为你的心太小了！计较得失，纠结对错，怨恨别人，讨厌自己，一味逃避，不敢承担，习惯对抗，不愿接受……

心胸太小了，没有承载的容量，没有容纳的空间，给你多了你也装不下，只能失去。

心量放大，放大到无限。有足够的空间容纳一切，承载一切。一切都在你之内了，怎么可能会失去呢？

就像夜空不会失去星星，就像大海不会失去波浪——万物皆备于我！一切都在你之内，你，从来都不会失去什么。

所以，怎样才能心安？——有了广阔的心胸才能安好。找回那颗从容宽广的真心，一切自然就安宁了

你的不安，只是因为害怕失去！其实根本没有什么可以失去，只是因为你心胸太小了，装不下那么多！

做事只管当下，过后不留痕迹

西方谚语说：一只脚不能两次踏入同一条河流。

河还是原来的河，人还是原来的人，但水在不停地流动。再次踏入时的河水，已不是原来的河水了。即使是同一只脚，站在同一个地方。

孔子在川上曰：“逝者如斯夫，不舍昼夜！”时间的流逝就跟河流的水一样，分分秒秒，不舍昼夜，片刻都不会停留。

现在很多人都说要活在当下，然而，到底什么是当下？

32

在生活之上

大多数人认为，当下就是现在。一心专注于现在的事，就是活在当下。

可是，现在在哪里？哪一个时间点代表现在？

当你说出一个现在，这个现在就已成为过去。你说出任何一个现在，那个现在都会在你说出的同时，瞬间成为过去。

时间就像流水，永远不会停留，所以，我们找不出任何一个点可以代表现在——只要能说出来的现在，就已成为过去。

而过去和未来都是以现在这个时间点为参照的，既然没有一个时间点能代表现在，那么——哪个时间是过去？哪个时间又是未来？

时间，都去了哪里？

《金刚经》上说：“过去心不可得，现在心不可得，未来心不可得！”三心不可得，这才是当下。

时间从来不会为任何人停留，所有过去的都已成为过去，过不去的，只是自己内心对于过去的种种执着、种种不舍。

过去心不可得——过去早已不复存在，只是你的心留在了过去。

竹影扫阶尘不动，月穿潭底水无痕。任何事情过去了，留下的，只是心里过不去的结。

过去，已去；未来，未来。

因此，我们只能活在当下。活在当下，事情过去了，心，不要留在过去。

真正的平静，是接受所有的发生

真正的平静,不是安安静静地坐在那里什么也不想,而是在现实生活中,接受所有的发生!

在各种事情发生的当下,与内心一切的感受同在!

当下发生的事情,令你心生喜悦,就与喜悦同在;当下发生的事情,令你心生烦恼,就与烦恼同在;当下发生的事情,令你心生恐惧,就与恐惧同在!

急躁的时候,与急躁同在;纠结的时候,与纠结同在;委屈的时候,与委屈同在。

只能是平静——是的，这才是真正的平静。

真正的平静，不是坐在一个安静的环境里，死守着一个静，一味追求心静的感觉——那样的静，其实，也是一种妄想。或者说，是一种对现实生活的逃避。

“但无妄想，性自清净；起心看净，却生净妄”——刻意求静，本身就是一种妄想。

真正的静，是全然地接受。

首先我们要清楚一点：心为什么要静？因为心乱。

那么，心为什么会乱？从根本上来说：是不是因为不接受？因为不接受生活当下的发生，内心才会起各种烦恼。

接受，是全然地接受——心甘情愿。

任何事情，存在只是一种存在，发生只是一种发生任何事情，本身并没有好坏之分。好与坏，都是人的头脑区别出来的。

想想看，当下无论发生任何事情，如果我们不用自己的头脑去看，不用头脑分析，不加自己的评判，不参与自己的认为，不起分别的心，这时候，当下的事件会是什么样？

当下的事件，就只是一种存在，没有好坏，没有善恶，没有是非，没有对错——所有的好坏、对错、是非、善恶，都是我们的头脑区别出来的。

如果头脑不区别，哪来的好坏？哪来的善恶？

举个例子，某个地区出现了地震，那么，地震是好是坏？是善是恶？站在不同的立场来看，就会得出不同的结论。

站在人的角度来看，地震是一场不幸的灾难；站在罹难家属的角度来看，地震就是一场地狱般的噩梦——当然是人生的不幸；

而站在地球的角度来看呢？地震是地球的内部运动，对地球来说地震未必是坏事；

从太阳系整个大环境的角度来看，几乎什么都没有发生，一切都还是原来的样子。

很显然，心乱、心急，都是因为不接受当下的状态，无论当下发生了什么，只是坦然面对，不抗拒，不逃避，不抱怨，不纠结。

不要总是想着逃避，只要全然接受当下的一切，接受生活中所有的发生——这样，你的心就不会乱。

一切都是最好的安排

《齐物论》中讲过这样一个故事：在春秋时期的丽戎国里，有一位貌若天仙的女子丽姬，当时的晋国国君为了得到她，便出兵攻打丽戎，并成功地将丽姬虏到晋国。丽姬刚到晋国时哭得死去活来，像个泪人一样，可是等到她被晋国国君纳为嫔妃住进王宫，穿着绫罗绸缎，吃着山珍海味，享受着世间第一等的生活时，她竟后悔当初不该那么伤心地哭泣了。

庄子在这个故事后紧接着说了一句话："予恶乎知夫死者不悔其始之蕲生乎？"庄子说："我哪里知道人死了以后会不会后悔当初对生命的贪求呢？"在庄子眼中，死亡并不是人们所认为的世间最可怕的事，庄子认为"死亡"只是代表一种无比美妙的境界，如果一个人能够体验到这种美妙的境界，那么人世间种种的痛苦与磨难便也如同儿戏一般了。

庄子的生死观普通人不能够理解，我们面对生命中难以承受的种种苦难时，似乎每个人内心都会有一种深切的渴望——渴望生命可以重新来过。可是，如果我们内心面对苦难的态度不改变，如果我们始终看不开、放不下，那么即使生命重新来过一百次，也只会重新演绎一百次不同的苦难而已。

面对苦难时的内心态度，决定我们人生的幸福度。当苦难来临时，只要看得开、放得下，自然能够拥有幸福的人生。

南非总统曼德拉因为反对种族隔离政策，曾被关押在监狱里受刑二十七年，后来因为他所做的伟大贡献，成为南非第一位黑人总统。他就任总统时特意邀请了三名曾虐待过他的看守到场，他说："当我走出囚室、迈过通往自由的监狱大门时，我已经清楚，自己若不能把悲痛与怨恨留在身后，那么我仍在狱中。"然后他起身恭敬地向三位看守致敬，当时在场的所有人乃至整个世界都静了下来——这是何等伟大的胸怀？！

曼德拉的博大胸怀也许是我们无法企及的，但是我们也不妨试问：生命中真的有什么是我们看不开放不下的吗？如果有，再过几年，你且看它！

人生不过就是如此：曾经的伤痛可能成为日后幸福的回忆，曾经的失败也可能正是日后成功的阶梯。为此我们只能以一颗谦卑的心，对伟大的生命由衷地赞叹一句："人生从来没有意外，一切都是最好的安排。"

我心不动，岁月安然

有四个游客一起徒步到山上游玩，走到一处山峰，看到一个人站在峰顶平坦处，如玉树临风，风吹仙袂飘飘举，长久伫立而不动。四个游客感到好奇，不知此人为何一直站在峰顶一动不动，于是上前询问。

一位性急的游客抢先问道："你是站在这里看风景吗？"此人摇头道："不是。"

另一位游客接着问道："那你一定是在等朋友吧？"此人再次摇头："也不是。"

第三位游客恍然大悟地说："那你一定是在这里呼吸新鲜空气了？"

此人依然摇头："不是啊。"

最后一位游客不解地问道："那你到底站在这里干什么呢？"此人目光凝视远方："我……我只是站在这里。"

……

是的，我只是站在这里，和脚下的山峰，和头上的云天，和千古的静谧。

很多问题的本身原本就是答案，很多现象的发生也原本就是目的。没有因为所以，只是自然而然。风过了就是过了，雨晴了就是晴了，话说了也就说了，事做了也就做了，无须纠结在怀，徒乱情思。受过再大的委屈，也只是前尘如梦；成就多大的伟业，也只是过眼云烟；如山中花落花开，宠辱不惊；如天边云聚云散，去留无意。我心不动，岁月安然。

另有一个故事，有一位年纪很大的老和尚在烈日底下晒菜干。有位行脚僧人经过这里，看到老和尚虽满头大汗却又一刻不停地在劳作，感到心有不忍，于是上前问道："老师父，请问您多大年龄了？"

老和尚并未停下手里的活计，只是随口应道："我六十八岁了。"

行脚僧人看着老和尚被烈日晒黑的脸庞，十分关切地问道："您都这么大年纪了，为什么还要这么辛苦地在这里劳作呢？"

老和尚继续着手里的活计，随口答道："因为我在这里啊！"

行脚僧人抬头看看炎炎的烈日，好心地提醒道："那您也不必要在烈日底下劳作呀！"

老和尚看了行脚僧一眼，终于放下了手里的活计，他仰起脸来看着当空的烈日，满口清凉地说道："因为太阳在那里。"

太阳在那里，我在这里，不是偶然，而是本然。世间的一切都在和谐有序地运转着，"日月盈仄，辰宿列张，寒来暑往，秋收冬藏"，各家念着各家的经，个人演着个人的戏。只是要清醒地知道：我不是戏里的角色，我就是我，安然，自在，无苦无累，无悲无喜。

有人说，这样的"我"，是"无我"。

“无我”指的是心中没有挂碍，没有喜忧参半或悲喜交加的纠葛，也没有自认为好或坏，对或错，是或非，善或恶的分别；“无我”之人看世间万物不再是以“我”的认为去看，而是以万物自身的存在看待世间存在的万物。

因为没有“我”的认为，任何的存在就只是一种存在，纯粹、自然，任何的存在本身都没有所谓的毁与誉，荣与辱，失败或成功，贫穷或富足。看一把刀只是一把刀，无善无恶；看一场火只是一场火，无功无过；看一次海啸只是一次海啸，非福非祸。

看山还是山，看水还是水，看树还是树，看秋色还是秋色——因为，无我。

吾心自有光明月

佛说：放下一切，自然解脱。既是为情而生，自当为情而死，憎爱悲欢，便是一个人于尘世间最无可奈何的情感。说放下容易，只是简单的一句话；真正放下的，世间又有几人？

其实，一旦无常万事休，哪有什么放不下？只是想不开，舍不得，看不透，忘不了。想得开时，不畏浮云遮望眼；看得透时，守得云开见月明。

四祖道信禅师向三祖求教解脱法门。三祖反问道信："谁缚汝？"

道信答："无人缚。"是啊，除了作茧自缚，有谁能捆绑自己的心灵？

三祖于是传给道信最终极的解脱法门:“既然无人缚,又何须求解脱呢?”

心本无疆界,如荡荡虚空,无遮无碍,哪有什么放不下、解不脱?

王阳明诗曰:“吾心自有光明月,千古团圆永无缺。”真正的解脱之道,就在自己的内心,我心即菩提。白云清风,明月翠竹,多少暗夜里无言的伤痛,经过岁月风尘的洗礼,也早已回归了最初的洁净,恢复了昔日的纯真。

洗不掉的,只是自己心中那一丝不甘、那一份不舍。吾心本洁,却自甘沉沦;现世安稳,偏自寻烦恼。人世间最无可奈何的事,莫过于此。如同一个装睡的人,我们永远无法将他叫醒。

然而,总有一些人,无论我们怎样不舍,也还是要别离;总有一些事,无论我们怎样不甘,也还是要放弃。每个人可以坚守自己心中的执念,但现实的人生却不是我们所能左右的,我们所能左右的,只是自己心中的那一份情感。甚至,连情感都不是我们所能左右的,那些沉埋心底的无言的牵挂,总是能于某个瞬间牵动身体的每一根神经,令时间凝固,令那些尘封的记忆漫天飞舞。

何况，无论人世怎样沉浮，任何人，最终都逃不过那一场宿命——生死结局。放下心中的情感已是不易，更何况，要放下生死？

诗僧王梵志说得很直白，也很明白："城外土馒头，馅草在城里。一人吃一个，莫嫌没滋味。"世间有人哭，也有人笑，哭过笑过了，也就走完了长长短短的一生。尘归尘，土归土，富贵功名也好，恩怨情仇也罢，此时都已不必再谈什么舍得舍不得，或放不放得下。

"城外土馒头，一人吃一个"。我们虽是从不同的方向来，最后却总是会走向同一个终点。放得下又如何？放不下又如何？遗世长眠，天地相伴，山水相依，彼岸的景色，或许比此岸更怡人——是的，庄子曾经这样说过。

在兵荒马乱的战国时代，庄子经常会在路上遇到一些不知因何而亡的骷髅。骷髅当然不会在光天化日之下畅谈自己各自或离奇或平常的死因，于是庄子就在夜深人静的时候，枕着骷髅骨入梦，到梦里与彼岸的人纵论生死。庄子动情地讲述了此岸的美好与生命的至乐，好似是要唤醒彼岸的人对重生的渴望。

而骷髅并不以为意，他也曾鲜明自在地活过，奈何桥也已经走过，生命的可贵他自然明白，然而此刻的他却无比自豪地夸耀着彼岸的无限风光：“死，无君于上，无臣于下；亦无四时之事，从然以天地为春秋，虽南面王乐，不能过也。”

凡与死亡有关的文字，似乎都笼罩着一层阴暗的面纱，让人顿生疑惧和慌乱之感，仿佛死亡永远是一个不可碰触的危险禁区，一旦不慎触及，便将陷入天塌地陷、万劫不复的无底深渊，且永无出期。于是，对死亡的恐惧就成了一种生命的常态，我们可以一边掩饰着对死亡日日逼近的慌乱与对生命无尽的贪恋，一边用“死如秋叶之静美”这样美好的文字来欺骗自己。当然，都是活人玩儿的把戏，在生命之钟还未曾敲响的时候。

而庄子梦中的骷髅却语出惊人地道出了生命彼岸的至乐之境：上没有国君的统治，下没有官吏的管辖，也无需春耕夏种的劳作，更不用担心老去或死亡，因为已经死过一次了，从此无寿无夭，自在逍遥于天地之间。“虽南面王乐，不能过也”，即使在人间贵为天子，富有四海，也不知死后的逍遥与快乐。

如果真如庄子梦中的骷髅所言，与此岸的苦乐参半相比，彼岸的快乐倒可称为“至乐”了。只可惜，这些都只是梦呓之语、虚妄之言，如此美好的至乐之境,怎么可能会是死后的世界?庄子不信,当然,也没有人会相信。

而庄子的不信,不是因为如此美好的至乐之境竟然来自死后的世界,而是因为,庄子在《至乐》篇的开篇就已经道出了他的疑问:“天下有至乐无有哉?”至乐,是人世间最大的快乐,也就是极乐,天下到底有没有一种极乐的境界存在呢?

庄子说有,但这种极乐的境界既不在此岸,也不在彼岸,而只在每个人的心中,因为,至乐无乐。

庄子说世间最大的快乐就是没有快乐。当然,没有快乐,也就没有烦恼。快乐与烦恼就像一个无法分离的连体婴儿,你中有我,我中有你,只要有快乐的地方,就会有烦恼相伴相随;一旦快乐不在了,烦恼也会随之消散,化为云烟。

烦恼的终结,就是极乐。一切烦恼消失的世界,自然就是极乐世界。这样的世界不在别处,就在我们每个人的心里。

此心安处,即是至乐。

第二卷

遇上一个懂你的人

婚姻是两个人的事，也是一个人的事

张德芬有一句名言:“亲爱的,外面没有别人,只有自己。”

这不是说你要过单身的生活,不是说你的婚姻里只有你一个人,而是说,你要以怎样的心态对待自己的婚姻,这只能是你自己的问题。

每个人的婚姻里都会出现这样那样的问题,出现问题是正常的,重点不在于婚姻中有没有问题,重点在于我们以怎样的心面对婚姻中出现的问题。

你面对婚姻的态度,决定了你婚姻的幸福度。

你当然也可以一味地指责对方、抱怨对方，你可以认为所有的错都是对方的错，认为自己丝毫没有错——如果有，也只是因为当初自己选错了人。

但是，一味抱怨别人的结果，伤害的只是自己的婚姻。即使你因此而选择了离婚，你毁掉的也只是自己的婚姻。你亲手葬送了自己的婚姻，还认为自己是幸运的，好像自己占了很大的便宜。

都说真爱无疆，为什么不能让自己的爱宽广一些？就算做不到无疆，最起码也要容得下一个人，容得下你的爱人。

是人就有优点，是人也都有缺点。婚姻中所有的问题，都有一个最根本的原因，就是不接受爱人的缺点。

可是，你忘了吗？你现在最讨厌他的那一点，就是你当初最看中他的那一点——当初你因为什么理由而选择他，最后你也会因同样的理由而讨厌他。

因为，优点和缺点是一回事：一个人的优点本身就是缺点，一个人的缺点本身也是优点。

比如，勇敢是优点。可是，一味的勇敢就成了鲁莽和惹是生非。你当初因为勇敢而选择了他，最后就会因为鲁莽而讨厌他。

比如，会讨人欢心是优点。可是，一味地讨人欢心，就很容易拈花惹草。所以，你当初因为会讨人欢心而选择了他，最后就会因为他拈花惹草而怨恨他。

好了，你吸取教训，下次换一个老实巴交的，不懂得讨女孩子欢心，就不会拈花惹草；可是，太老实了，一点浪漫的味道都没有，原来你最爱的人，最后又成了你最讨厌的人。

所以，爱与恨，与别人没有任何关系，只取决于自己的心——符合你心意的你就爱，不符合你心意的你就恨。

爱与恨，都是为了满足自己的需要——所有的因爱生恨，都是因为你想要的爱情，达不到你想要的结果。

你爱他也好，恨他也好，喜欢也好，讨厌也好，都是你自己的事——他还是那个原来的他，是当初你爱的那个，也是现在你恨的那个。

他的人不会变,变的只是你看待他的心。

爱他,就要爱他的全部,而不是只想把他的优点留下,总想把他的缺点去掉。

这个世间从来没有十全十美的爱情和婚姻。

真正的完美,就是接受所有的不完美;真正的爱,就是接受他所有的优点和缺点。

你是否愿意接受,这是你自己的事——你可以不接受他所有的缺点,但你也要接受由此而带来的痛苦。

有怎样的心,就会有怎样的人生;有怎样的人生,就会有怎样的婚姻。

你对待婚姻的态度,决定了你婚姻的幸福度。

所以,婚姻是自己一个人的事,不是两个人的事。

你想以怎样的心经营自己的婚姻,想怎样面对和解决婚姻中所有的问题,这些,完全取决于你自己。

亲爱的,外面没有别人,只有自己!

一辈子，遇上一个懂你的人

一辈子,遇上一个懂你的人,是一种幸福。

人生来,或许有一种天性的孤独。这种孤独,在人的灵魂里,驱使着人们不断地去寻找,寻找那个能进入自己灵魂,也能进入对方灵魂的人。

这样的一个人,就是人们常说的灵魂伴侣。

生活的伴侣易得,不期然地遇上了,有共同的期许,或者,只是为了携手走到终老——与你一起慢慢变老,也是一种淡淡的幸福。

灵魂的伴侣,可遇而不可求。凡能求来的,都与灵魂无涉。

何况，灵魂的伴侣，未必是现实中的某个人，也可能是某位古人，或者，是在自己头脑世界里，臆造出来的一个人；甚至，也可以是某样物事，如一架古琴、一曲音乐、一段文字，或者，只是一块顽石。

对很多人来说，那样的灵魂伴侣，或许永远都在寻找的路上。永远，怀有一份期盼，期盼一株降落凡尘的仙草，或者，一个守护灵河的侍者。

遇上了，就是一种福分，就会性命相托。他可能什么都不说，什么都不做。如果只是一块顽石，你指望它说什么，做什么呢？但你知道，在你的生命里，唯有它，最懂你。

最爱你的人，不一定是最懂你的人；最懂你的人，也不一定最爱你。遇上一个最爱你，又最懂你的人，该是多大的福分。

谨以此文，献给我的爱人。

有多少理解，就有多少爱

爱，是自私的。尊重，是平等的。

有哪个父母不爱自己的孩子呢？但，你尊重孩子吗？

首先，尊重孩子的自由，尊重孩子的需求。尊重，不是一味地满足、一味地纵容。尊重，首先是一种理解，因为，孩子最需要的，其实就是父母的理解。家长能够发自内心地理解孩子，有时候，比你给他买那么多的礼物，更有爱。

爱，首先是一种尊重。没有尊重的爱，就是一种束缚、一种捆绑——爱的捆绑。爱的捆绑，比绳索的捆绑，更残忍。

其次，尊重孩子的想法。在孩子表达自己想法的时候，请不要急于打断孩子，更不要急于否定孩子。

你可以不赞成孩子的想法，但是，最起码，请让孩子完整地表达完自己的想法好吗？你可以认为孩子的想法幼稚、天真，但是请不要随随便便、肆无忌惮地讥讽、嘲笑孩子的想法好吗？

你要知道，孩子在表达的时候，是非常认真的。你可以不认同，但请不要取笑，这是对孩子，最起码的尊重。

还有，尊重孩子的自由，尊重孩子的隐私。每个人都有一个独属于自己的世界，孩子也是。

你可以给孩子立好规矩，讲好规则，其他的，请允许孩子按照自己的想法，独立完成。让孩子自己摸索、探寻和创造自己的世界——请相信，孩子有创造世界的能力，只要你给他这个机会。

爱孩子，是父母的本能。但是学会尊重孩子，是每个父母都需要学习的课程。

给孩子自由，不代表没有规矩

给孩子自由,不代表没有规矩。

该有的规矩还是要有的,尊敬父母、孝敬老人,到什么地方遵守什么地方的制度——其实,一个内心自由的孩子,自然而然就会适应不同的环境,遵守不同的规矩。

只有当孩子内心被限制太多的时候,才会有一种叛逆、反抗的表现,这种表现,就是不守规矩。也只有在这个时候,家长才想要给孩子立规矩。

但,不管立什么规矩,不管采取多严厉的手段,都必须是在尊重孩子的基础上,这一点是最重要的。

家长给孩子立规矩的时候,大多都是很严厉的,很少温和。有些家长甚至因为当时过于严厉,事后又会难过、内疚,认为孩子受了委屈。

其实大可不必内疚,我们只要做到,不管方式有多严厉,都是因为尊重,而不是只顾着发泄自己的情绪,试图用声色俱厉的情绪状态控制孩子。

试图用情绪控制孩子,以此来让孩子守规矩,这就是对孩子的不尊重。问题是,怎样算是尊重孩子?

最基本的一点:就是全然接受孩子。孩子此时呈现的状态,不是故意要如此的,而是从小在父母、老人和家庭环境的熏陶下,逐渐养成的——他不守规矩,不是因为他是坏孩子,而是,他的成长经历,让他成为这个样子。

承认孩子当下的状态,不以好坏的眼光来评判孩子,就是尊重孩子——尊重孩子,就是全然地接受孩子,接受孩子一切的状态。

尊重是相互的，你接受孩子了，孩子才会接受你的引导，才会自觉地守规矩，因为他感受到了一种尊重，一种做人的尊严。

孩子，也是有尊严的。

而这对父母的要求其实是很高的——父母要不断提升自己的心态，在尊重孩子的基础上，以宽厚的德行，而不是以粗鄙的态度，来对待孩子。

尊重孩子的时候，你可能会很严厉，但不会用情绪控制孩子——这就是真正的尊重。

如果学校的老师，尤其是低年级的老师，都能做到这一点，在尊重孩子的基础上，给孩子立学校的规矩，那孩子们就有福了。

你心安了，孩子就健康了

一个小男孩，小学一年级，一身骨瘦如柴，双眼视力0.8，医生诊断说，这个孩子身体严重缺少营养。

我一看，连他的掌心都是皱巴巴的，让人不由得心疼！在这个营养过剩的时代，一个家境并不差的家庭，孩子怎么可能缺少营养？

但他真的缺，可是，他缺的不是营养，是爱，是家庭的温暖，是内心的安全。

孩子的妈妈问我，她的孩子，到底怎么了？我说，孩子缺营养，不是因为吃的不好，而是因为身体不吸收。

可是，身体为什么不吸收？

原来，孩子爸爸痴迷于赌博，常年不回家，家里只有一个怨气冲天、孤苦无助的妈妈，带着两个惊恐不安、茫然无措的孩子。

在这个家里，爱是沙漠，除了怨恨和不安，再也没有一丝温暖。孩子本能地抗拒着这样的家庭，拒不接受这样的成长环境，超不喜欢这样的爸爸妈妈，可是，又能如何？

内心的抗拒，带来的只是身体的抗拒——拒不吸收食物的营养。孩子的心是封闭的，食物的营养再丰富，身体也吸收不到。

营养不良，骨瘦如柴，是这个孩子对这个没有爱的家庭最大的控诉。只是，这种无声的抗诉，父母听不到，也听不懂。

孩子的妈妈问我怎么办？我说，孩子身体脏腑功能的失调，当然可以通过拍打来改善，可是孩子内心的缺失，该由谁来弥补？

爸爸常年不回家，这一点，妈妈无力改变。我说，既然现实无法改变,那就只能改变自己的内心,坦然接受生活的现状,哪怕,只是为了孩子。

你的孩子就在你身边,他很容易受到你的影响。为了孩子的健康,为了孩子的成长,内心不再抱怨,坦然接受。

当你的心安下来,毫无怨言地接受这一切,你的孩子也会心安下来,敞开自己,接受家庭的现状,吸收身体的营养。

心安了,孩子就健康了。

妈妈，我要回天上去了

我不愿意在那所漆黑的房子里待着，尽管那里很温暖，但是没有光亮。我喜欢光亮的地方，我喜欢太阳又温暖又明亮的感觉。

那所漆黑的房子，是我妈妈的子宫，爸爸妈妈把我带到人世间，让我每天就住在那所黑屋子里面，然后就不理我了。我要在这所小黑屋里孤零零地一个人待满十个月，然后妈妈才会放我出来。

可我还是喜欢待在外面温暖的阳光里，看着熙熙攘攘的世界里形形色色的人群，还有许许多多如我一样漂浮着的灵魂。他们也都和我一样被妈妈关进小黑屋里，我们经常聚在一起讨论着自己的爸爸妈妈，有些小伙伴因为从来得不到爸爸妈妈的关爱，他们随时准备离开这里，回到天上去。

因为人世间是一个充满爱的地方，我们才会来到这里。我们需要爱的滋养，没有爱，我们的身体就会受到伤害。

我也准备回到天上去了，今天我又看到爸爸妈妈吵架了，那时候我刚离开小黑屋，准备出去找小伙伴们一起玩，然后我就看到爸爸妈妈又和往常一样吵了起来。

我感受到的爱越来越少，恐惧却越来越多。

此时我在妈妈的小黑屋里待了快三个月了，他们第一次吵架的时候小伙伴们就劝我早点离开这个是非之地，回到天上去，重新选择新的父母。

可我不愿离开，我知道妈妈其实还是爱我的，她只是不懂得如何去爱。我不知道她为什么总是会跟爸爸吵架，但我想多数还是因为我。

小伙伴们告诉我，如果我不走，迟早会受到妈妈的伤害。其实我知道，最近我的智力一直在下降，从第一次听到爸爸妈妈吵架开始，我就感觉到我跟小伙伴们的交流有点吃力了,我的大脑语言神经正逐步受到破坏。

今天又有两个小伙伴相约一起飞回到天上去了,他们竭力劝我跟他们一起走,我开始犹豫了。看着正在跟爸爸吵得焦头烂额的妈妈,我真想说一声:妈妈,我要回天上去了,我不想再看到爸爸妈妈吵架了。

有好几个小伙伴,因为爸爸妈妈吵架,结果从小黑屋里出来以后,有的四肢瘫软,有的口眼歪斜,有的无论长多大都不会说话,有的智商像森林里的小动物,还有的少了一条胳膊,短了一条腿,缺了一片心脏瓣膜。

我不想像他们那样,我想做一个健健康康的宝宝,可所有有经验的小伙伴都告诉我,只要我的爸爸妈妈继续吵架,我想要健康几乎是不可能的,除非我回到天上去,等待时机重新选择一对恩爱的父母。

我知道,没有爱,只会受到伤害。可是每次一想要离开时,看到妈妈隔着肚皮抚摸我的脸颊时那种充满慈爱的眼神,我都会忍不住留下来。我已经被关了六个多月了,小伙伴们都说,再不走就来不及了。

我坚持留了下来,当医生把我救出小黑屋的时候对我妈妈说了一句话:你们要做好心理准备,这个孩子可能也是个智障儿。

我有一个两岁的哥哥,因为在小黑屋里没有得到足够的爱,生下来便患有先天性智障。听到医生这句话,我的妈妈含着眼泪对我说了一句话:孩子,我永远都不会放弃你。

我听了之后好感动,同时我也特别想告诉妈妈一句话:妈妈,以后你再也不要跟爸爸生气了。可惜这句话我从来没有机会说出口,因为我永远丧失了说话的能力。

一年多以后,爸爸离开了妈妈,跟另外一个女人生活在了一起。

妈妈实现了她的诺言,从来没有放弃我和哥哥,内心无比顽强地独立生活着。暗夜里我常看到她以泪洗面,一边哭一边质问老天:为什么不能送给她一个健全的宝宝?

她不知道:有爱,才会健全。

三年后,我终于离开了人间回到了天上,我不想再看着妈妈受苦,尽管她曾经带给我伤害,但我依然爱她,死亡,是我对妈妈最大的回报。

天又黑了,我又来到一间小黑屋里,不知道这次等待我的会是什么命运。

你的不安，会影响孩子的明天

小孩子,肉嘟嘟的小脸儿,圆圆的小身材,自有一种萌萌的可爱。可是,肉太多,胖得过分,就不好了。

一定是吃的原因吗？未必。

有些肥胖的小孩子确实会暴饮暴食,可是他因为什么暴饮暴食？因为不安。民以食为天,丰美的食物,是最能给人带来安全感的。

看看襁褓中的婴儿,吸着妈妈的乳汁,那种甜蜜的幸福,那种被爱包裹着的安稳——吃饱就睡,从来不会暴饮暴食的。

只有甜蜜的幸福被打破了，被爱包裹着的安稳缺失了，才会暴饮暴食，增加身体的厚度以保护自己——他不停地吃，不是因为饥饿，而是在食物中回忆曾经的甜蜜，寻求内心的安稳。

而孩子的不安来自于哪里呢？大多是来自于家庭，来自于爸爸妈妈。家庭的不和睦，爸爸妈妈经常吵闹，冷战热战，摔摔打打，都会造成孩子内心的不安。

天下没有一个孩子希望父母吵架，吵得越凶，孩子安全感越低。甚至有些孩子还会认为，父母之所以吵架，都是因为自己不好。这样的孩子，不只是不安，还会自卑。

现在很多的成年人，无论外在的物质生活多么丰富，经济多么稳定，内心还是会感到不安，就是因为在很小的时候，因为家庭的不和睦而失去了安全感。

而且，面对不和谐的婚姻，很多的妈妈心里也是不安稳的，妈妈的不安，又会加重孩子的不安。

妈妈的不安,更容易导致孩子的不安。因为,婴儿最初吸吮母汁的安乐,就是妈妈带来的。没办法,孩子就只能通过肥胖来自我保护,通过暴饮暴食来寻求安慰。

所以,不要只是单纯地限制孩子的饮食,要让自己的心安下来,以坦然的心面对生活中一切的遭遇,给孩子一个心安的环境、一种淡定的力量、一种坦荡的襟怀。

我们可能无力改变现状,但至少要安好自己的心。你的心安稳了,孩子的明天才会更美。

他，是我此生的唯一

伤害我们最深的

往往是最亲的人

常常挂在嘴边的爱

不如生活中多一些宽容和理解

丈夫

伟岸如山，呵护生活的安宁

妻子

娴静如水，守护家庭的温馨

爱，不一定要说出口！

相互的理解和信任

彼此的关爱和照拂

需要在生活的点点滴滴中

心照不宣的、无声无息的关心

爱，自然生长

一个完整的家庭

两个共同的人生

既然选择了婚姻

就要不离不弃，生死相依

不是因为对方有多么完美，

而是因为——

他，是我此生的唯一

不忘初心，美在初心

无论追求有多远，自己最初的发心，要永远记得

无论经历多少曲折，自己最初爱他的心，不要磨灭

人，最宝贵的，是初心

人，最易忘的，也是那颗初心

婴儿的萌，萌在初心

自然的美，美在初心

不忘初心的人，心灵最美

因为，所有的初心，都如初生一般，晶莹剔透，纯净无染

第三卷

放下，才能活出新生

倒悬的地平线——生命轮回之美

生命是无常的,而爱是永恒的。

《倒悬的地平线》是马克·李维的新作,这本书只讲了一句话:无常的生命,在永恒的爱里,无限地轮回。

科学、爱情与生命轮回的完美结合——因爱而死,为爱而生。

书中描述了医学天才乔西发明了一套神经链接系统,可以把一个人此生全部的记忆转存到电脑终端,在需要的时候,比如现在的肉身报废了,在有朝一日,换另一个鲜活的肉身,把电脑终端储存的记忆再原样复制到新的肉身上——一个全新的自己就此诞生。

身体虽然不是原来的身体，而记忆还是从前的记忆，于是，原本死去的人，重获新生——在小说里，乔西用科学的手段，实现了生命的轮回。

不幸的是，乔西的研究尚在初始阶段，而他的爱人霍普却突然罹患脑癌。悲痛的乔西孤注一掷，以爱情和生命做赌注，在霍普最后的生命时光里，把两个人的大脑记忆全都转存到电脑终端，并在霍普病逝之后，毅然自杀。

乔西的自杀不是简单的殉情，而是希望在未来的某一天，两个人可以借助神经链接系统，找到两具新的肉身，转存记忆，重获新生，继续他们美满的爱情。

在小说的结尾，四十年之后，他们的愿望实现了——两个人重获新生，演绎了一场科幻版的《梁山伯与祝英台》。

而在现实中，我们却依然在自己的记忆里，不断地轮回——没错，人之所以有轮回，就是因为有记忆。

人世间所有的痛苦，都是来自过往的记忆。

不该记的记住了，该忘的忘不掉——只要此身未老，就会不停地沉沦在痛苦的回忆中。

想要跳出，只有一条路可走——此心不住。

《红楼梦》一首《好了歌》道出了世情的真相："若要好，须是了；若不了，便不好。"若想时时自在，处处欢喜，就不要停留在任何过去的记忆里。

《金刚经》里有句话："过去心不可得！"

《心经》说："以不可得故，心无挂碍；无挂碍故，无有痛苦。"

当然，你也可以说：痛苦也是美好的！爱情为什么美好？就是因为在美好的爱情里，有浩如烟海的喜悦，也有无尽深渊的痛苦。

如果你真有如此的境界，那我也只好恭喜你：若你真能在痛苦中体味到一种生命的美好，也不失为一种快意的人生。

因为，真正的自在，未必没有痛苦，没有磨难，而是你能在生命的痛苦中，静静享受；在生活的磨难里，默默欢喜。

论梦

庄周梦蝶——不知是庄周做梦变成了蝴蝶？还是蝴蝶做梦变成了庄周？

其实，谁变成谁都无所谓，反正，都是梦。

梦文化，是中国文化的一大特色。不只有“庄周梦蝶”的美丽与虚幻，更有苏东坡“世事一场大梦，人生几度秋凉”的悲叹与哀伤。

一部《红楼梦》，更是道尽了世情的真相——究竟是到头一梦，万境归空。

《红楼梦》一出场就亮出了四大神秘主角：茫茫大士、渺渺真人、警幻仙子、空空道人。

“欠命的，命已还；欠泪的，泪已尽。看破的，遁入空门；痴迷的，枉送了性命”。到头来落了片白茫茫大地真干净。

茫茫、渺渺、警幻、空空，四大神秘主角，一出场就道出了人世的真相。

人生一世，看似真实的一切，醒来便知：无不是梦。

可是，为什么明知人生如梦，却始终不愿醒来？因为尽管人生如梦，而梦，却是如此的真实。

看看夜晚人们所做的梦便知。在梦还没有醒来，人在梦中，而不知自己是在做梦的时候，在梦里的感受是怎样的？是不是如现实一样的真实？

吕洞宾一梦黄粱，米饭尚未做熟，他在梦中已然经历了波澜壮阔、跌宕起伏的一生。

87

论梦

静水流深。看似虚幻的梦，而梦中却同样有一个真实的世界。

梦里一样有喜怒哀乐，一样有悲欢离合，一样有是非成败。只不过，是非成败转头空，醒来无非是梦。

若不论现实与梦，只就真实程度而言，梦中世界的真实感，和现实世界的真实感，有差别吗？

就真实程度而言，梦与现实，没有任何差别。那么，是不是意味着这个现实世界的真实，会不会也只是一场尚未醒来的梦？

这个现实的世界，会不会就像夜里的梦一样，在梦没有醒来的时候，我们人在梦中，不知道自己是在做梦，而错把梦当作了现实？！

直到某一个时刻，我们从梦中醒来，才恍然大悟：究竟是到头一梦，万境归空。

从夜里的梦中醒来，只是清醒；从现实的梦中醒来，就叫觉醒。

不在梦中醒来,就在梦中死去。

是要醒来,还是要继续做梦,随你!

因为,以上我所说的,也都是梦话!

乐以忘忧，忙得自在

有这样一个故事。有一位老禅师，每天都忙忙碌碌，却乐在其中。在他七十岁的时候，他的一位弟子出外游方参学。二十年后，弟子学有所成，参学归来，老禅师身体健康还如当初一样忙碌。

弟子趁老禅师空闲的时候，关切地问候一声："师父，这二十年来，您老一个人可好？"老禅师慈爱地回答："我一个人很好啊。每天诵经念佛，讲经说法，著述写作，终日在慧风法雨中漫游，世上没有比这种生活更欢喜自在的了。"弟子关心地劝道："师父，您老应该多一些时间休息。"此时又有信众前来向老禅师求法，老禅师对弟子说："你先回禅房休息，有话咱们以后慢慢聊。"

第二日清晨，弟子尚在梦中，便隐隐听到师父的禅房中，已经传出诵经的木鱼声，师父忙碌的一天又开始了。白天，老禅师依然不厌其烦地讲经说法，九十岁的老人，神采奕奕，口齿清楚，面容慈祥，丝毫看不出衰老的迹象。

好不容易等到师父说法完毕，弟子赶紧上前，抢先问道：“师父，分别这二十年来，您每天的生活仍然如此忙碌，可是，为何我却看不出您变老呢？”

老禅师回答道：“因为我一直都在忙，没有时间老呀！”

一个人，忙到没有时间老，这个“忙”，会是怎样的一种人生境界？

孔老夫子曰：“其为人也，发奋忘食，乐以忘忧，不知老之将至。”

一个人，一生奔忙，乐在其中，不为自己，只为苍生。这个“忙”，不是“心亡”之忙，而是“心无”之忙。无心，心无挂碍，无挂碍，故无有恐怖，远离一切颠倒妄想，远离一切疾病烦恼，远离一切衰老哀伤。

心无挂碍，不是远离俗世，避开红尘，而是就在自己的日常生活之中，在滚滚红尘之内，在这坚硬的世界里，修得一颗柔软心，一颗自在心，一颗平常心，一颗平静无波、简单无染的心。

只是，人在红尘之中，世事纷纷扰扰，想要清闲自在，绝非易事。好在，智慧超脱的古人，把他们超越人生、自在安然的宝贵经验，毫无保留地留给了我们。让我们可以依循古人的智慧，跨越生活的烦恼，活出心灵的自在。

别相信任何人

《别相信任何人》是一本书。女主人公早上醒来，发现自己活在了二十年以后——当然，这一点是别人告诉她的，是躺在她身边的一个男人。因为她对之前的二十年，没有丝毫的记忆。

她的短期记忆，最多只能维持二十四小时，准确地说，是维持一整个白天。只要睡下去，一觉醒来，一切又自动清零，如同一个新出生的婴儿，忘记了之前的一切。

一觉醒来，她看一切都是新鲜的，一切都是陌生的，一切都是不可信的，包括躺在她身边的男人——他说他是她的丈夫，可实际上，他是曾经谋杀过她，令她失去了记忆，毁掉她幸福生活的刽子手。

不过，不管之前的生活有多么惨不忍睹，一觉醒来，又自动清空，全部归零。

我要说的是，我们是不是也可以：试着一觉醒来，过去发生的一切，自动清零，回到一颗如婴儿的初心？

你脑海里，牢记过去的苦，不只是会导致现在的痛，也会造成你未来的痛苦。

在过去，几年前、十几年前，甚至几十年前的过去，你可能被人欺骗了感情，你曾经视为生命的感情；你可能被人欺骗了金钱，你辛辛苦苦挣来的血汗钱；你可能被人扭曲了生活，扭曲了人生，你为之深恶痛绝的人生……

可是，你也要为之付出代价，代价就是，你不可能拥有真正幸福的生活，以及完全健康的身体——只要你牢牢地活在过去的印记里。

除非，一觉醒来——你觉醒了！头脑中所有对过去的认为，瞬间清零！你恢复了你的生命初心，活出了心灵的自由！

只要你牢牢地抱着过去的怨恨不放，几年、十几年、几十年，这些长期潜伏在你内心深处的负面情绪，就是体内破坏力极强的负能量，它会不断消耗你身体的气血，破坏你脏腑的功能，降低你身体的免疫力。

你不断“反刍”记忆里曾经痛苦的经历——你被欺骗了、你被伤害了、你被侮辱了、你被抛弃了……那么健康与幸福，就是繁花盛开却无法到往的彼岸。

毁掉你人生幸福的不是过去的经历，而是你内心深处对过去痛苦的错误认知。

放下所有过去的认为，回到你那颗清净无染的本心。

放下，才能活出新生。

所有的荒诞，都有可能成为现实

我刚看到《毒木圣经》的第一句话："想象一片废墟。这废墟怪异之极，绝不可能存在过。"接着就在书上写下这样几句话："想象一片绝不可能存在的废墟，想象一个不可能的世界。可是，凡你所想的，在你的想象里都是可能的！是的，世界就是想象出来的。"

科学把曾经认为荒诞的话，变成了真理；科技就是把虚构的梦想，变成现实的事物。

其实，科学本身就是建立在貌似荒诞的理论之上。每一种新的科学观念诞生的时候，对当时的时代来说，就是异端邪说。

科学界数百年来都在研究宇宙的起源，宇宙是怎样诞生的？世界是从哪里来的？地球上的第一个人是怎样产生的？……

我们暂且不谈科学，谈谈梦好了。梦是从哪里来的？梦里也有一个我，梦里的我是怎样诞生的？梦里也有一个世界，梦里的世界是怎样形成的？

孔子说："未知生，焉知死？"一个人连生前的世界都没搞明白，怎么可能懂得死后的世界？

我们当然也可以说：未知梦，焉知现实。

梦和现实是一回事——在梦里，梦中的一切就是真实。如同在头脑里，你想象的一切就是真实。

那么，我们来回想一个真实的梦境，当梦境出现的时候，有没有一个如朝阳初升一样缓慢诞生的过程？有没有一个如泉水流出一样真实可见的源头？——好像没有。当你睡着了，不知不觉地，梦就凭空出现了。

是的，梦中的世界就是凭空出现的。凭空出现——这就是梦的起源。

而梦的起源，也就是世界的起源——如同宇宙大爆炸理论一样，现实的世界，就是凭空出现的。

然而，我要说的既不是梦中的世界，也不是现实的世界，我要说的是——头脑的世界。

毫无疑问，一个人内心所有的喜乐和苦痛，都产生于自己的头脑世界，而人的头脑世界又是如何产生的呢？凭空产生。一切都源自于自己的想象。

每个人都是活在自己想象的世界里——你想象自己是世界上最痛苦的人，你就在经历最痛苦的人生；你想象自己是世界上最幸福的人，你就在经历最幸福的人生。

要活出怎样的人生，完全取决于你头脑的想象——听起来似乎有些荒诞，然而，所有的荒诞，都有可能成为现实。

每个人看到的，都是真相

每个人在自己的世界里,看到的都是真相。好比一个人站在山脚看山顶,和站在山顶看山顶,看到的景色肯定不同,但山顶是一样的。

是的,山顶只有一个,但是,站在不同的高度,看到的山顶的确不同——我们不能因为不同,就否定别人眼里的山顶。

当一个人站在山腰时,因为山石林立遮蔽了视野,使他根本无法看到山顶——此时,在他的世界里,的确没有山顶。但我们不要因此而否定他,因为,他也正在努力攀登的路上,只是,他所在的位置,暂时迷失了而已。

每个人处在人生不同的阶段，对生活的解读，和对世界的看法，都是不同的。但，每个人看到的，都完全符合他自己的内心世界。

也就是说，在他自己的世界里，他所看到的，都是真相——每个人都是如此，包括自己。

明白这些，当我们再听到与自己不同的声音时，就会很容易释怀——哦，他所说的，是他世界里的真相！

我们可能不会认同，但完全可以理解——理解了，人生就和谐了。

如何放下痛苦

问:怎样才能放下?

答:想要彻底放下,先要知道你是怎么拿起来的。

你想要放下的是什么?是内心的痛苦?那就先要知道痛苦从哪里来。

痛苦从哪里来呢?说句站着说话不腰疼的话——痛苦都是自找的。但这样的话是不中用的,因为,内心痛苦的感受是真实的。

说句透透的话:痛苦根本不存在,你内心痛苦的感受,只是暂时的虚幻。

不过，话说得太透了，可能一时难以理解。况且，此刻你的心里，真的很痛苦。

我知道，你心里真的很痛苦；可是你要知道——你的痛苦，是真的吗？

如果真的想要放下，我们就要明白一点：真实的感受，未必就是真相。真相是——所谓痛苦，只是一种虚幻的感觉。

而这种虚幻的感觉，完全来自于你内心各种“对”的理由。不信你可以问问自己：你现在这么痛苦，但你是不是认为你是“对”的？

问：那他就没有错吗？

答：他当然也有他的错。但，你要先弄清楚：你是要解决自己的痛苦，还是要管别人的对错？

如果你真的是想解决痛苦，那就不要去管别人的对错。别人的对错，别人自己会承受。

你想要解决痛苦，只需要知道自己“错”在哪里。你找到自己的“错”了，痛苦就消失了。

问：跟小时候的家庭经历有关吗？

答：有关，但，你不可能再回到小时候。改变，只能在当下发生。

任何改变，都只能在当下发生。当下的状态，就是全部的自己，也是全部生命里，最好的自己。

活在当下就好！

心甘情愿，到底有多难？

任何事情，做的多与少，都没有关系——只要心甘情愿地去做，不生怨言。尤其是在家庭当中。

多付出一些，有什么关系呢？

其实，父母、爱人、孩子，都是“自己”。

什么是“三世因果”？——父母就是自己的“过去世”，爱人就是自己的“现在世”，孩子就是自己的“未来世”。

有其父必有其子，有其子必有其孙，这就是生活观念、内心模式的轮回。

所以，无论做多做少，都是为自己做的——没有别人，只有自己。

当你认为你在为别人做、为别人活的时候，才会觉得累，觉得委屈，觉得不满。为自己，心甘情愿地去做就是了，哪里会有怨言呢？

为什么说好人不长命？因为，你认为自己是好人。你认为自己一心为别人好，处处为别人着想；你认为你为别人做了那么多，付出了那么多。

其实，做的多本身并没有问题，问题是——你认为自己做了太多，却没有人理解，更没有人说你"好"，反而受到更多的埋怨和指责。

你把什么都做了，可在对方眼里，你所做的一切，好像都是应该的，连最起码的感激都没有。

他丝毫不理解你的辛苦，不理解你的委屈——而他越不理解，你就越委屈。太多的委屈和不满，就会破坏心理的健康，导致身体的疾病。

于是，才有了那句看似不公的谚语——好人不长命。

老子曰:“善者,吾善之;不善者,吾亦善之;德善。”真正为别人好,是不求回报的——不求物质的回报,也不求精神的回报。不管别人说不说自己好,我只是做我自己该做的。

而当你内心有了怨言,那么,你所谓的为别人好,就是假的——你只是想要证明自己,想要得到别人的认可,想要活出你的优越感。

当你不再为了证明自己——做只是做,没有为了谁,只是事情发生了,我去面对这件事情,做好当下发生的事,仅此而已。

做过了,就是做过了,过后不留痕迹,没有谁对谁错,也没有谁做的多谁做的少——每个人,都是在他自己的世界里,尽他所能地活着。

一片树叶,可以压倒一只蚂蚁;而在一头大象身上,丝毫不会觉得什么。生活就像蚂蚁和大象——能者多劳。无论做的多与少,只是心甘情愿地去做。

都说心甘情愿很难,心甘情愿到底有多难?——为别人做就难,做好自己该做的,就不难。

你所做的一切，都是自己该做的，事情发生了就面对，生活本来就是这样的，哪有什么甘不甘、愿不愿的呢？

彼岸花开，当下自在

佛说:“苦海无边，回头是岸。”真正的解脱，不在于回头，而是要了悟到——苦海根本不存在。

所谓的苦海，只是人们心中的一种感受，因为人们的感受无限，所以说苦海无边。

一个人始终沉浸在自己的感受里，不肯出离，就是苦海无边。因此，所谓的回头，就是不要再陷入自己的感受。

人，不是活在科学里，而是活在自己的感受里，因为有感受，才有自己。

可是，所有的感受都只是暂时地存在，转眼便会消失；那么，当所有感受消失的时候，自己在哪里？或者说，当内心没有任何感受的时候，我是谁？

有感受的，都是暂时的虚幻；没有任何感受的，才是真正的自己——永恒的自己。

真正的自己——不生不灭，不垢不净，不增不减。

真正的自己，不住在任何的感受里，只是随缘应事，过后不留。

我眼有神

我们被自己创造的生活工具绑架了——比如，我们此刻正在用的手机。

出门有车，上楼有电梯，买东西有各种软件。两个人无论相隔多远的距离，一个电话、一条微信、一封邮件，瞬间便可到达。

唯有距离产生美。过去的时代为什么美好？因为人与人之间相隔遥远。而科技消除了人与人之间的距离，于是，人类创造了科技，而失去了美好。

又或许，我们失去的，不只是美好。

水被污染了，有净水器；空气被污染了，有空气净化器；人被污染了，血液可以清洗，坏掉的器官可以移植，换一个人造的器官。如今，人类除了思考——思考怎样创造更先进的科技，思考怎样开发更智能的机器。除了思考，人类什么都不用做。

早晚有一天，人类什么都不用做，也就什么都不会做——除了思考。你知道的，人类一思考，上帝就发笑。

冯唐的《搜神记》道出了同样的忧虑：如果有一天，我们被自己创造的科技绑架了，我们该怎么活？——当人工智能阿法狗连胜数位世界顶级的围棋大师，人类终将被人工智能机器人支配的恐怖时代，距离我们还有多远？

如今的人类，还有几个人的生活不被智能手机支配？我们离开自己和家人有多久了？我们离开自然的怀抱有多久了？我们有多久没有真正地休息过了？

真正的休息——如你所知，放下手机是必要条件。而这个必要条件，现已成为全世界最不可能做到的五件事之一。

这个时代太快了，快到我们几乎感觉不到生命的存在，感觉不到生命美好的存在——唯有紧紧地握住手机，证明自己还在。

现如今，真正的勇敢，就是敢于放下手机；真正的无我，就是手里没有手机。

放下手机，才是真正的休息……

真正的休：一人一木，人跟花草树木在一起，品味自然的芳香，安享天地的宁静，让凡尘归于凡尘，让山水归于山水。

真正的息：一自一心，心自由自在，无挂无碍，像庄子一样逍遥于天地之间，像列子一样御风而行，旬有五日而后反。

冯唐在《搜神记》里说：我眼有神，我手有鬼。手里的鬼，就是手机。我们手里握着手机，俨然自己就是上帝——不是吗？手机里就有一个世界，握着手机，就是握着一个世界。

今天，就在今天，我们不再做上帝，让自己真正地休息一次。

放下手机，带上自己放松的身体，和一颗宁静的心灵，带上家人和孩子，走向天地之间，走到一处能踏到黄土的土地——我们离开黄土地有多久了？我们的祖祖辈辈赖以生存的黄土地，我们生于尘土，终将归于尘土的黄土地。

抬头看看天空，或许那里，是我们生命的源头。

第四卷

所有的遗憾，都是成全

所有的遗憾，都是成全

人生不应有遗憾，

所有的经历，无论幸与不幸，

都成全现在的自己

独一无二的自己。

如果你还在怨恨过去，那只是因为，

你还没有看到生命带给你的惊喜。

人生从来没有幸与不幸，

只是你以怎样的心面对自己的人生，

在自己所有的人生际遇里，

无怨无尤、淋漓尽致地活出精彩的自己。

生命只有一次，每一次经历都不可能重来，
因此，对待每一次人生经历，
我们都应该不遗余力，毫不保留地活出自己
——最精彩的自己！

名是虚名，利是浮云，
唯有生命的良知才是自己唯一的福祉。
一切的一切，只是为了致良知。
在良知的状态下生活，才是真正的生活。

此心不动，随机而动，
唯有活出生命的良知，
才能不为外境所动，不受他人干扰，
也不被自己心灵束缚地活出最精彩的人生。

知善知恶是良知，
为善去恶是格物，
人生永远不要心存侥幸，

天网恢恢，疏而不漏，

善与恶，前因与后果，

自有自然法则来平衡。

天下无心外之物，

一切的物，都在你的心内。

格物，就是要格你心上的物。

你心中有委屈，委屈就是你心上的物；

你内心自卑，自卑就是你心上的物；

你怀恨在心，恨就是你心上的物；

你处处抱怨，抱怨就是你心上的物；

你心中所有的负面情绪，都是你心上的物。

格物才能致知——唯有格除你心上所有的物，

那个此心光明的良知才会自自然然地呈现出来。

良知就像天上的太阳，

太阳原本就在，一直都在，

我们看不到太阳，只是因为被乌云遮蔽；

我们活不出内心光明的良知，
只是因为被心上种种的物遮蔽。

格物致知：格除心中所有的物，
就能活出光明的良知。
光明的良知，就是最真的自己！

知善知恶是良知——
良知既能知道善的一面，
也能知道恶的一面。

站在良知的状态，
善与恶都能看得清清楚楚，
好与坏都能看得明明白白。

站在良知的状态，
你自然会明白——
得与失是相伴相随的，
成与败是相辅相成的，
福与祸是相依相连的。

站在良知的状态，

你自然会明白——

所有的不幸，都是生命最珍的礼物，

所有的遗憾，都是为了最终的成全！

知道做不到，还是不知道

很多人说:道理都知道了,为什么总是做不到?

“知而不行,只是未知。”王阳明认为,知行是合一的。

从了解知识,到实际做到,必然是有一个过程的。这个过程,就是没有任何借口的、一心一意的行。

如果你只是把你所知道的道理当作知识,当作向别人炫耀的材料,或者只是用来说教别人,你当然不会全心全意地去行。不行,怎么可能做到呢?

“不知道”的“知”，不是知识，而是一种信念。这种信念，是要把你所知道的知识，融入到你的血液里，融入到你的骨髓里，融入到你的生命里。

做到的多与少，取决于你信念的强度。你的信念有几分，你就必然会做到几分——这就是真正的知行合一。

所以，做不到，不是因为不知道，而是因为不够信。真信，必然真做。

因此，不要再问自己为什么做不到，只要问问自己：你的信念有多少？

你有几分信念，就有几分愿力；有几分愿力，就有几分行动力。

信是第一步，行是第三步。大多数人只问第三步：自己为什么做不到？而从来不问第一步：你到底有几分信念？

之所以做不到，就是因为信念不够坚定。

要经历多少痛，你才能够领悟？！

历事练心。可是，为什么没事的时候自我感觉良好，一遇事心就乱了？

因为，历事练心固然重要，可是历事之前的练心，同样重要！

为什么一遇事，心就乱？就是因为，历事之前你没有好好练心。

历事练心好比是期末考试，历事之前的练心是考试之前的学习和测验。不经过学习测验而直接考试，你觉得你能考好吗？

大多数人都是在结果出现的时候才知道害怕，遇到事了，才想起来练心。有伤疤了，才知道痛。痛的时候，一副下定决心痛改前非，洗心革面重新做人的冲天豪气。

可是，你知道的——好了伤疤，就忘了痛。冲天豪气，都变成了及时行乐，回到自己的舒适生活里，得过且过去了。

直到再次触到伤疤，戳到痛点，痛改前非的冲天豪气，再次响彻云霄。

历事练心，历事之前练功。这样，你才能知道：历事的时候要练的是哪颗心？！心都找不到，练的哪门子心？

历事之前练心，就是要找到：那颗如如不动的本心。然后，你才有资格——历事练心。

放不下的，都是因为舍不得

都说，金窝银窝不如自己的狗窝。不是因为狗窝比金窝银窝好多少，而仅仅是因为，在狗窝里待得久了，习惯了。习惯了，即便有多么不好，也觉得自在、舒服。想要离开，总会有些不舍。

如同，儿不嫌母丑，狗不嫌家贫，都是一个道理——习惯成自然。

都说，想放却放不下；其实，一旦习惯了，就仿佛成了生活的一部分。即便烦恼，即便痛苦，即便焦虑，即便委屈，即便心痛如割，即便病痛缠磨，所有这些，时间久了，都成了生活的一部分，都成了自己的一部分，说放下——那只是说说而已了。

想要放下，不是因为有多难，只是因为舍不得。

舍不得狗窝里的自在、舒服；舍不得在痛苦里的受害者的感觉——受害者，都应该得到同情和怜悯的；受害者，都应该得到更多关注和爱护的；受害者，总是会有各种理由，证明自己是“对”的。

既然自己是对的，当然就不需要改了；因为，要改的，都是错的，也必须是错的——你都是对的，还怎么改呢？你痛苦得很对，这样的痛苦，干吗要放下呢？

是的，我们是痛苦的，但我们在痛苦里面，享受着别人对自己的同情、对自己的关注、对自己的抚慰、对自己的打抱不平，和对自己的种种呵护——用这些“美好”的感受，来换自己一时的痛苦，似乎也值得了吧？

在痛苦里面，我们还享受着自己对别人的抱怨、对生活的不满、对命运的控诉、对现实的无奈和对自己的无能为力、无可奈何，以及最重要的——我都是“对”的。

真的，不是放不下，而是舍不得。舍不得自己在痛苦的舒适区里，享受着痛苦给自己带来的种种“美好”——也说明，自己内心太缺少美好了,以至于,要通过痛苦的感受来寻找。

等到什么时候,自己不再需要这些“美好”了,痛苦自然就消失了。

没有什么放不下，只是因为不想放！

心无挂碍，心安自在。

之所以觉得难，只是因为不肯放——坚持了几十年的自以为对的观念，和习以为常的思维模式，怎么可能说放就放呢？

“对”了一辈子，突然发现一切都不对了，这种滋味，抓肝、挠心——不怪人们不肯放，实在是舍不得。

而且，不肯放，不只是因为舍不得，更因为你还在享受其中的好处——比如说痛苦。

痛苦有什么好处呢？痛苦不是只会给人带来痛苦吗？不，凡事都有两面性。痛苦之所以放不下，就是因为你在享受痛苦。

很多人都认为放下痛苦很难，其实，放下痛苦并不难，真正难以放下的是——因为痛苦而带来的好处。

古今中外所有流传下来的感天动地、可歌可泣的爱情传奇，之所以美丽动人，就是因为每一段美好的爱情传奇里面，都充满着无尽的痛苦。

因为痛苦，所以美好！

因为痛苦，你会得到更多的同情和关注——所有知道你痛苦的人，都会时不时地关心你、安慰你，替你打抱不平，抚慰你那颗受伤的心灵；

因为痛苦，你就是一个十足的受害者，就有正当的理由来控诉、抱怨、指责某些人，或者某些过去的经历；

因为痛苦，你也可以有足够的理由逃避生活、逃避现实，让自己永远处在一个悲情的角色里，感动着别人，伤害着自己……

129

没有什么放不下，只是因为不想放！

在痛苦里面，有许多你享受的东西——不是放不下，只是舍不得！

放下痛苦，其实很简单——什么时候你享受够了，什么时候自然就放下了。

改变是痛苦的，不改变，只能永远痛苦

当你不想改变的时候，改变是痛苦的。可是，不想改变，只能永远痛苦。

人的潜力，都是逼出来的。如若人生事事如意，处处顺心，一切的生活都完全符合自己的心意，那么，有谁还会想要改变呢？

绝大多数改变都是被动的，都是身心不堪重负，万不得已，才想要改变。世间有几人能如虚云大师一样，为了荷担如来家业而主动出家修行呢？可即便如此，虚云大师十九岁出家，勤苦修行几十年，直到五十六岁才开悟。一个人主动想要改变都不是一件容易的事，何况被逼无奈？

改变如逆水行舟，每进一步都异常艰难，不进，则随即退回到原来的状态，继续痛苦的深渊。

《红楼梦》有一副智通寺的门联："身后有余忘缩手，眼前无路想回头。"直到眼前无路，才会想到回头。人往往都是这样，不见棺材不落泪，不把自己逼到绝路，有几人甘心回头？

在当今科技的时代，人们最常走的一条绝路，就是癌症。比如李开复，一本《向死而生》，写得荡气回肠，令人感动唏嘘。可是，为什么一定要等到死亡来临的时候，才忆起生命的可贵？一定要被逼到绝路才能绝处逢生吗？

再者说，人一生下来，就注定要走向死亡，为何一定要得了癌症，才甘愿放下一切？不，不是甘愿，是情非得已。

提前放下，多好！

只因为癌症病名的背后贴着一个"死"字——人们害怕的不是癌症，而是死亡。

可是，改变，究竟要改什么呢？十年前，你认为爱人讨厌，你努力改了十年；然而十年后你还是认为爱人讨厌，跟十年前一样，不改初心。可你分明努力改了十年，请问：这十年，你都改了些什么？你自以为的努力，最终都是徒劳。

老子曰："民不畏死，奈何以死惧之？"当一个人内心不再惧怕死亡的时候，还会受到死亡的威胁吗？改变，究竟要改什么呢？真正要改的，是你的观念，是你内心的态度。十年前你认为爱人讨厌，你改了十年，甚至只改了十天，你看到了爱人美好的另一面，看到了你从前不理解爱人的那一面，你不再觉得爱人讨厌了，这，才是真正的改变。

真正的改变，不是改外在的现象，而是改内心的态度；真正的改变，不是改变别人，而是改变自己；真正的改变，不是改变癌症的症状，而是改变内心对死亡的恐惧。

只是，说说简单，真正的改变，哪有那么容易？放下对死亡的恐惧，生死自在，那是勘破生死之后，才能达到的人生境界。

可是，改变无论多难，多痛苦，也只能坚持下去。面对生活，不改，就只能继续痛苦；面对癌症，不改，就只有死路一条。毛毛虫变成美丽的蝴蝶，也要经历一番作茧自缚的痛苦，否则，永远都只能做一只丑陋的毛毛虫。

你的改变，可能只是假装看不见

很多人口口声声说要改变，其实都是想改变别人，而不想改变自己。

真正的改变是内心的改变，这个内心，指的是看待生活的态度：人生观、世界观、价值观。我讲课向来都是毁三观的——不破不立，旧的观念不改，人生怎么可能变呢？

改变改变，有改才有变。你的心改了，看待生活的态度自然就改了；看待生活的态度改了，生活的状态自然就跟着变——不变，只是因为你还没改。

假如，三年前你觉得孩子有很多问题，这也不对那也不对，三年之内你参加了很多课程，学习了很多方法，你自认为你改了很多。

然而，三年后，你还是觉得孩子不够好，还是像以前一样这也不对那也不对，那你这三年啥也没改，白学了三年——这三年，要么是你学错了，要么是别人教错了。

假如，十年前你对爱人充满怨恨，这也不好那也不好，十年之内你学各种课程、学各种方法，你认为你简直换了一个人，脱胎换骨重塑金身。

然而，十年之后，你还是对爱人不满，还是像以前一样这也不行那也不行，那你真的白学了十年。不管别人有没有教错，反正你是学错了。

一个真正懂得改变自己的人，他的家庭应该是越来越和睦的，人生应该是越来越和谐的，自己和家人的内心都应该是越来越欢喜、越来越自在的。

一个三十度的锐角，假如可以向远处无限延伸，延伸得越远，这个角的范围会越宽广；延伸到无限远，这个角的范围也会貌似无限宽广。但是有一点你很清楚：无论延伸的多远，那个锐角始终都没有变，还是原来的三十度。

当你认为自己很好的时候，可能仅仅是因为你往远处延伸了一点，然而你内心原有的观念，丝毫没变。

无论多少年，无论你认为你的境界有多高，只要你看孩子还是不够好，看爱人还是有问题，看周围的人还是处处不如你，那你就是一个三十度的锐角往外延伸了一点点。

你自认为你改变了很多，然而，原来的锐角就在那里，你什么都没改，你只是假装看不见。

真正的改变是内心的改变。放下所有的自以为是，放下所有内心的评判，以一颗无分别的心看待生活的一切。

不破不立。真改了，看一切自然就变了。如果你看一切还是原来的老样子，看爱人和孩子还是有这样那样的问题，那你这些年就白学了。

你的疗愈，为何总是没完没了？

平日积聚了太多的负面情绪，绷不住了，利用任何可宣泄的方法，疗愈一下，总是好的。一时的疗愈，也可以获得身心的轻松、愉悦。可是，你的疗愈，为何总是没完没了呢？

为什么总有没完没了的痛？一次又一次，一年又一年，甚至，一世又一世。甚至，没完没了的疗愈，成了你生活的全部。好像你活着，就是为了疗愈——好比有人说，活着，就是为了不断完成所有的功课。

哪里来的那么多功课呢？人生，就不能放一次假吗？给疲惫的心灵放一次假，假期可以是——永远。

人生一世，难免会有那么几次不可言说的痛——没有经历过痛的人生，何谈美好？

痛，不是不存在，只是，有没有一种更好的方法，可以让我们既不需要去掉痛，不需要没完没了地疗愈，又可以不受痛的影响，欢喜自在？

也给痛一个存在的空间，心与痛，彼此相安无碍，不好吗？放过别人，就是放过自己。放过痛，就会得到美好。

再来一次黑与白的比方。好比一面墙上只有一个碍眼的黑点，有没有一种方法，既不需要去掉黑点，又不至于有黑点碍眼？

短效的方法，就是转移视线，看白墙，不再看黑点——这就是所谓的疗愈。

而长效的方法则是把白墙无限放大，让黑点消弭于无形，即回归人的本心。无限放大的白墙，就好比人的本心，洁净无染，广大无边。

在这种广大里，不是只有喜悦，只有快乐，只有幸福，只有美好；在这种广大里，也有痛存在，也有烦恼存在，也有恐惧、焦虑，及生活种种的不幸存在。

但，它们尽管存在，却丝毫不会影响你的自在欢喜。因为，在你无限的心胸里，它们显得过于渺小，渺小到好像它们压根就不存在。

这时候，还有什么需要疗愈的呢？

只要不断放大自己的心量，不再盯着任何一个点不放——放过它，也放过自己。

在心灵的无限里，不觉欢喜，而自然欢喜。即便有痛——痛，也是欢喜的。

所有的坚强，都是伪装

每一个坚强的外表背后，都有一颗脆弱的心灵。许多人的坚强，都是伪装出来的。

尤其是女强人。

我也接触过一些女强人，我发现在每一张坚强的面孔背后，在每一个光鲜的外表背后，她们的内心深处：有委屈，有自卑；会麻木，会怨恨；有恐惧，有无奈。

她们的内心深处，大多都藏着各式各样血泪纷飞、不堪回首的往事。

活得都不容易。

更有甚者，练就了一副铁石心肠，一身百毒不侵、百痛无觉的样子。内心的安宁和喜悦，不再轻易显现。

只是，谁又甘愿如此呢？为了抵抗深渊一般永远见不到光亮的生活，为了让脆弱的心灵尽量少受到伤害，只能硬着心肠去活！

坚强当然不是坏事，只是，该柔软的时候要柔软。

说到底，一个人所有的行为习惯和心理模式，都不是故意如此的，都是在从小的家庭环境中，因为父母对待自己的态度，以及生活的种种经历，逐渐养成的。

只是，现在我们长大成人了，我们生活自由了，我们是一个独立完整的人，因此我们要为自己负责。

没错，很多负面的心理模式都是原生家庭带来的，但我们不可能再回到过去，不可能再回到小时候——只要想改变，所有的改变，都只能在当下开始。

甘愿放下对过去的怨恨，放下对生活的不满，放下对他人的指责。

当下，放下所有的伪装，活出本来的自己，活出圆满的自己，活出真性情的自己，活出生命的自在欢喜。

老子曰：“坚强者死之徒，柔弱者生之徒。是以兵强则灭，木强则折。强大处下，柔弱处上。”

坚强没有错，只是，该柔软的时候，要柔软。

此处无声胜有声

很多人心乱的时候，都喜欢找一个安静的环境，以为这样就可以远离喧嚣，摒除凡尘，颐养身心。

可是，世间有一个最嘈杂的角落，是你无论怎样都避不开的，因为，这个角落不在别处，就在每个人的头脑里。

真正令一个人心烦的不是外在的纷乱，恰恰是头脑里的喧嚣。

老子在《道德经》里面指出了悟道的方法，只有简单的六个字："塞其兑，闭其门。""兑"字是八卦里的一卦，对应的身体部位是嘴巴。老子的意思很明确——要想悟道，先要闭嘴。

在很多寺庙的殿堂里，我们会看到墙上往往贴着两个字：止语。人们一看到这两个字就会很自觉地把嘴巴闭上，以为这样就是止语了。

可是，真正的止语，并不只是单纯地把嘴巴闭上。因为，你闭住的只是看得见的有形的嘴巴。然而，人的头脑里还有一张无形的嘴巴，这张嘴看不见，却一刻不停地在说——没错，这就是头脑里的声音。

有时候你会说很多过去的事，当然不是说给别人听，演员和听众都是你自己。尤其是说到你过去的伤痛，你会不厌其烦地对自己说你有多么痛苦，多么委屈，说别人是怎样无情地伤害了你，说你内心的怨恨、别人的负心、世道的不公；你会说得声情并茂，声泪俱下，你会信誓旦旦地让自己相信：你就是世界上最痛苦的人。

然而这一切，都只是你头脑里的声音，是那张无形的嘴巴一直在自说自话。在现实的世界里，在生命的当下，什么都没有发生。

人之所以痛苦，只是因为你在对自己说：我很痛苦。所以，怎样才能摆脱痛苦？就是关闭这张无形的嘴巴，关闭头脑里的声音。

此处无声胜有声——老子说的“塞其兑”，就是要关闭这张无形的嘴巴。所有的痛苦，都是源自头脑里的声音。这些声音消失了，痛苦自然就消失了。

所以，真正让自己心乱的，并不是外在的生活有多么凌乱，而只是因为，你的头脑里有太多的喧嚣。

真正的宁静，不需要避开红尘，只需要远离头脑里的喧嚣。

每个人的头脑里都充斥着无数的声音，要么是对过去痛苦的回忆，要么是对现在生活的不满，要么是对未来人生的担忧，总之头脑里的嘴巴一刻不停地在说。

此处无声胜有声——怎样才能得到心灵的宁静？只要止语，只要关闭头脑里的声音。

止语的当下，就是心灵的宁静。

第五卷
欢喜，自在

看手相，改命运

自从写了《读心术》这篇短文，最近总有朋友来找我看手相。

可是，我真的不懂看手相，什么感情线、事业线、生命线，我一概不懂。

我会的，只是能读到一点你的内心状态。

我读不到你的过去，因为过去早已过去；我也读不到你的未来，因为未来尚未发生。我只能读出你当下的状态。而你当下的状态，直接影响着过去，左右着未来。

影响过去，不是改变过去发生的事实，而是改变你看待过去的态度。不论过去发生过什么，它都不曾伤害过任何人，所谓的伤害，只是你自己内心的认为。

现在有一种普遍的说法，都说自己现在的问题，源于自己的原生家庭。于是，有很多人，上各种课程，找各种方法，解决自己原生家庭的问题。

这样的观念和行为，说白了，只是在推卸自己的责任——我的问题是原生家庭造成的，那就跟我自己没关系了。

既然是原生家庭的问题，我不需要改自己，只需要改别人——明显地推卸责任。所以，这样的方法，很难从根本上解决你内心的问题。

所以，你才需要没完没了地疗愈——因为，你从来没有真正地面对自己、改变自己。

其实，一个人内心所有的负面情绪，都是为了保护自己，都是为了能够在你所有的遭遇里，更好地活下来——恐惧，可以少受到伤害；自卑，可以少受到否定；着急，可以快一些得到；麻木，可以少一些创伤。

一个人的性格特点和内在模式，本身并没有好与坏。之所以形成这样那样的特点，只是为了更好地保护自己，为了自己有勇气，能够勇敢地活到现在。

很显然，没有过去的一切，就没有当下此刻的你——全世界独一无二的、唯一的你。无论如何，我们都应该感恩过去，感恩过去的一切，成就了现在的你。

无论你的内心有着怎样负面的情绪模式，请记得：一定要先感恩它，没有它，就没有现在的你！

改变改变，不改，怎么变？要改的不是过去的事件，而是自己看待过去的态度，是自己当下的内心状态。

内心的状态不改，你的命运，怎么可能会改呢？

更欢喜地付出，更自在地生活

问:怎样才能彻底放空下来?

答:专注在当下的任一时刻。

喝茶的时候一心喝茶,心不起分别;洗碗的时候一心洗碗,心不生厌烦。

凡自己喜爱的,默默坚持,不生懈怠;凡自己不爱的,深深祝福,不生嗔怪。

太空不妨碍星辰的存在,内心的空寂,也不会妨碍生活的一切。

该有的必然会有,该做的自然去做。

更欢喜地付出,更自在地生活。

坚持不住的时候，再坚持一下！

生活，就像在高原上的游学！

总是有一些困难需要面对，总是有一些坎坷需要经历，总是有一些功课需要完成——生活，怎么可能一帆风顺？成长，怎么可能一劳永逸？

没有付出，哪来的回报？没有经历，哪来的成长？没有遭遇更多的磨难，哪有比常人更大的成功？

曾国藩说，人生最怕的只有两个字：傲与惰。任何事情，不坚持，都不会有好结果。只要坚持了，无论怎样，都无憾今生。

不要总以为，自己是世界上最痛苦的人，其实，每个人活得都不容易——你没吃过别人的辛苦，你没有过别人的经历，你就永远无法理解，别人的成功，有多么的不容易。

别人的成功，只是在你刚刚放弃的时候，又稍稍坚持了一下。坚持过了，你就会知道，生活有多甜蜜。

许多成功人士的心里，其实，都包裹着无数的眼泪，尤其是那些孤身奋战的女强人。当你感觉她们盛气凌人、掌控欲强的时候，请你一定要谅解她，因为，她们如果不这样，就无法生存，也不可能会有今天的成功。

没有一个坚硬的外壳包裹着，她们真的很难坚持，甚至，很难活下来。

坚持，有的时候，需要非人的毅力，需要在别人不理解和嘲弄的时候，打掉牙往肚子里咽——不信你看，很多人的肚子里，都有无数掉落的牙齿。

“吃得苦中苦，方为人上人”，这句话，是用无数人的血泪，换来的人生箴言。

苦尽甘来,在你坚持不住的时候,无论怎样再坚持一下!

只要坚持过了,无论结果如何,最起码,为今生,少留一次遗憾。

当然,所有的坚持,大多都会有一个好的结果。因为坚持,本身就是成功。

接受不是逆来顺受，而是一种慈悲心怀！

接受，就是要接受所有不顺心的，所有看不惯的，所有你无法理解、无法接受、无法掌控、无法面对的——接受所有不合你心意的。

接受不是逆来顺受，不是随波逐流，不是委屈自己成全别人。

孟子说："吾善养吾浩然之气。"接受，是一种充塞天地的浩然之气，是一种无限饱满的生命状态，是一种胸怀宽广、内心慈悲的生命情怀。

庄子说："天地与我并生，而万物与我为一。"能够全然接受的人，自然拥有一颗与天地一体的妙明真心。

一个能够全然接受的人，他的心是柔软慈悲的。这种慈悲不是因为同情弱小，而是一种如水一样毫无对抗、融于一切的心怀。

孟子说："万物皆备于我。"一切的发生都是为我而生，我还需要与谁对抗呢？接受，就是一种"万物皆备于我"的天地情怀。

他不理解你的时候，你会理解他，这就是接受；他怨恨你的时候，你会感恩他，这就是接受；他心怀不满的时候，你心怀慈悲，这就是接受。

接受不是逆来顺受，接受是一种慈悲柔软的生命情怀。

一个全然接受的人，内心没有对抗，只有宽容；没有抱怨，只有理解；没有仇恨，只有感恩；没有不满，只有慈悲。

如同天地长养万物，毫无分别地容纳着天地间的一切。无论最高贵的、最卑微的，天地都会给他们一个完全适合的生存空间。

只是去做，去做就好

我们懂的道理太多了，我们能真正做到的有多少？

我们有各种理由，证明自己为什么做不到。可我们为什么不再找各种理由，说服自己坚持去做？在你实在坚持不住，或者不愿坚持的时候。

重点在于你是否愿意坚持。

只要愿意坚持，那么，只是去做就好。

一开始做不到是正常的，凡事都有个过程。十月怀胎，一朝分娩，一个新生命的诞生，一个新习惯的养成，必然需要一个由生到熟的过程，这里没有捷径可走。

只要你愿意坚持,只要你坚持去做,瓜熟蒂落,结果自然成。

任何事,不都是如此吗?只有去做,才有可能成功。

一开始,可能你的信念不足,在做的过程中,你的信念就会不断增强。很多人的信念,都是在做过以后,才逐渐养成的。不经历,怎么可能成长呢?

一开始,可能你的方向不明确,没关系,只要坚持去做,在做的过程中,你就会找到你真正要走的路。

弯路走的多了,你自然会找到哪条路是你该走的。路是走出来的,不是想出来的。

做的过程中,必然会有种种现实的挫折和内心的煎熬。台上三分钟,台下十年功,这个世间,没有随随便便的成功。

当你坚持不住想要放弃的时候,不妨问自己两个问题:一是此生你想要什么？二是你的想到底有几分？

如果你真的十分想要，那就不用犹豫，去做就好。

你只是需要坚持

没有什么不可以，你只是需要坚持——在坚持不住的时候再坚持一下，成功往往就在眼前。

不要去过多的抱怨，只要坚持做好自己。生活给每个人的机遇都是一样的，只要你愿意坚持到底——无论如何，都不要放弃。

成功的渠道有很多种，但是，所有的成功都有一个不可或缺的要素，那就是——坚持。

你不是没有希望成功，你只是需要坚持——只要你明确了方向，矢志不移。

大多数的失败,不是因为没有能力,而是因为没有坚持。

即使你还没有明确方向,没关系,你可以走很多弯路,但你不要原地踏步。弯路走得多了,即使没有到达终点,最起码,练出了脚力。而且,走着走着,你就会找到你要走的路。

人生从来没有错误的经历,所有走过的弯路,都是为了带你走向正途。你所要做的,只是坚持。

比如,在每一个孤独的深夜,当别人进入梦乡,或者深夜狂欢的时候,你独自在灯下,坚持码字。不管现在有没有成绩,不论文章写得好与不好,至少,你在用心书写自己的心灵,记录自己的人生。

不管将来会不会成功,至少,你的坚持,对得起自己。

你也可以给自己规定一项任务,然后坚持执行。比如,每天至少写五百字,日复一日,年复一年,想想看,每天五百字,只要你肯坚持,几年累积下来,会是怎样的成绩?

据说，台湾作家林清玄每天都要写三千字，雷打不动，几十年如一日。作品是写出来的，不是空想出来的。想到了就去做，知行要合一。

与其羡慕别人，不如做好自己。写得越多，离你的理想就越近。从来没有一步登天，只有不断地坚持。任何成功，也只给那些坚持自己梦想的人。

由此案到彼岸，只是需要坚持——只要你知道去往彼岸的方向，不要中途迷失。

一时做不到没关系，凡事都有个过程。只是，成功从来没有捷径，需要做的，只是坚持。

山河依旧，明月如初

商纣王的荒淫无道，引出周朝的八百年天下；春秋战国的七雄争霸，才有秦始皇一统天下；陆秀夫抱着宋少帝自沉崖山，才引来成吉思汗入主中原；崇祯皇帝朱由检自缢煤山，才引来清军入关，将历史的车轮最终导向文明的今天。

没有过去的经历，哪有现在的自己？没有昨日的风雨飘摇，哪有今日明朗的天空？纵然我们不能感谢昨日的风雨，至少也不要有过多的牢骚——牢骚太盛防肠断。

从历史的长河来看，帝王的兴衰，英雄的成败，都是滚滚洪流中一个必然兴起的浪花，所有的荣辱兴衰都是为了推动历史的车轮不断前进。是非成败转头空，青山依旧在，几度夕阳红。所谓的忠奸善恶、是非功过，都是漫漫历史征途必经的风景，而没有谁对谁错、孰优孰劣，没有哪一个应该发生，或者不应该发生。

李白诗曰：今人不见古时月，今月曾经照古人；古人今人若流水，共看明月皆如此。世人都说要以史为鉴，历史只是一面镜子，所有的历史事件都是镜中的花水中的月，只是卷帙浩繁的史书中几个黑白分明的文字，是万里长空下几缕随风而过的云彩，是明媚的阳光里几粒起伏不定的尘埃。

待尘埃落定，山河依旧，乾坤朗朗，明月如初。

看透了历史的虚幻，也就明白了人生的必然。所有生活事件的发生，都是生命当下的呈现，没有那么多为什么，所谓的喜乐哀怨，都是自己内心的认为和头脑的演绎。生活如此发生了，我们只是如此面对，坦然接受，事来而心始现，事去而心随空。

所有的抱怨，只是扰乱了心灵的宁静，打破了生命的美好，如烟尘漫天，遮蔽了天空的明亮和太阳的温暖。

站在人生的某一个阶段，或许会认为我们走了一些弯路，遭了一些苦难，多了一些烦恼，受了一些委屈；而从生命完整的轨迹来看，所有的弯路都是必经之路，曲径通幽处，禅房花木深，不断引领自己走向人生最美的风景。

在苦难中学会笑对人生，在委屈中学会心灵的成长，在烦恼中体味到生命的菩提。回首来时路，所有的成败得失，曾经的爱恨交织，都是为了活出生命此刻独一无二的自己。

春有百花秋有月，夏有凉风冬有雪，生命只是当下真切的体验，而不需要有丝毫的抱怨。苦有苦的感受，病有病的滋味，幸福有幸福的喜悦，痛苦有痛苦的美妙。只要内心自在，无怨无悔，无论经历怎样的人生，都可以活出生命的无限精彩。

在西藏，捡回自己

一路颠簸,一路静坐。

车动,路不动。

高山不动,白云不动,蓝天不动。

我的心,也不动。

写到这里时,天空出现了一条彩虹。

于是,我的心动了——一道平地而起的彩虹。

不动的，是高原的情怀。

如同河流，水一直在流动，而河岸，永远不动。

人的意念如流水，片刻不停。无念，是不可能的。只是，我们的心要在岸上，不逐流水。

来到西藏，就要把原来的自己放下。

放在高原上晾一晾，放在圣湖里洗一洗，放在彩虹下染一染，放到佛像面前开开光——重新捡回一个自己。

捡回一个清净湛然之身、一颗赤子之心。

要想告别烦恼，首先就要告别过去。只有告别过去，才能活出新生。

清空过去久已习惯的生活模式。

“过去心不可得”。过去早已不复存在，时间不会为任何人停留，所有留下的，只是你自己内心的感受，和对过去生活经历的固有的认为，以及种种的不甘心。

来到西藏，来到神圣的高原，就要勇敢地告别过去，放下内心固有的认为，从所有的感受里退出来，归零。

告别过去，活出新生，捡回一个全新的自己。

执简驭繁

我喜欢文化，所以，我喜欢把简单的东西复杂化。

只是，我们都要明白一点：所有复杂的东西都是同一个根源——大道至简。

最简单的东西，有时恰恰是最不简单的。呼吸是最简单的，可是，一旦呼吸不畅，一切就变得复杂了。

《道德经》只有五千多字，可是，这五千个字里蕴含的意思，却是无比复杂的。

生活有多复杂，就有多么简单。

把简单的东西复杂化——该简单的时候，你能够化繁为简；该复杂的时候，你能够执简驭繁。

简单是根，复杂是叶，我们可以每天修剪枝叶，但是我们始终要明明白白地知道：根在哪里。

只是，有很多人在剪枝叶的时候，就把根给忘了，因为，根是看不见的。

根深才能叶茂，中国文化的根本，就是执简驭繁。

比如，茶道的工序看起来很复杂，但你不要忘了，再复杂的茶道功夫，也只是为了解渴。茶道在心，不在茶。修行在心，不在法。

在至简的大道上，以一颗无住无染的心生活，就是最简单的生活、最自在的人生。

经受住生活考验的，才是真功夫！

没有事情发生的时候，感觉自己状态很好，内心很平静，这是假的；有事情发生的时候，看看自己的心动不动——这才是真的。

经受住生活考验的，才是真功夫。嘴上说的，再漂亮，也只是鹦鹉学舌，纸上谈兵，骗骗自己而已。

历事才能练心。面对任何一件事情的发生，当你内心起了波澜，有了情绪，说明汝心中必有一物。这一物，就是你内心的标准和固有的观念。

一个标准，对应着一个烦恼，只要这个标准不去，你的烦恼就永远不断。因此,烦恼不需要去,需要去的,只是你内心的标准。

《大学》讲的“格物”,就是要去掉内心的标准,去掉你固有的认为。

你的愤怒、你的担忧、你的烦躁、你的委屈,都是因为当下发生的事件,没有符合你内心的标准,没有按照你想要的方式发生。

说白了,内心所有的情绪,都是因为当下发生的事情,没有符合你的心意。你所有的苦恼,只是因为,事情的结果,超出了你的期待和你的掌控范围。

话说回来,凭什么一件事情的发生必须要符合你的心意?

唯有历事练心,才能格物致知。格物——所有你内心的期待和标准,都是“物”,都要革除。

而且,只有在事情发生的时候,你内心的标准才能被触动,你才有机会觉察,从而不断放下自己的标准。

直面当下发生的事。一旦内心有了波澜,触动到了你内心的标准,所有的标准都是你心中的物。此时你要做的，就是革除你心中的物。

所有的“物”都革除掉了，那个本来的觉知，那颗清净无染的本心，就会自然地呈现出来——这就是《大学》所讲的：格物而后致知。

第六卷

成败得失，敢于承担

说得天花乱坠，不如做到一分

子曰:“始吾于人也,听其言而信其行;今吾于人也,听其言而观其行。我们不要只听别人是怎么说的,而要多看他是怎么做的。

说得天花乱坠,不如做到一分。懂了一堆的道理,又不肯踏实恳切地去做,只会增长自己的傲慢心。看别人,瞧不起他;看自己,什么也不是。这样,就不好了。

那么,如何去做呢? 时时觉,处处觉,不间断地觉。任何时候,任何地方,都要保持清醒的觉知,不要随念流转,不要为外境所扰,不要被感受牵着走。

任何时候，比如走路的时候，心无旁骛，只是一心走路，不要去想之后约会的成败。之后的事情，无论结果好坏，坦然接受，不喜不悲。

如果起妄想了，随念跑了，要及时地觉察到，回到觉知的状态，继续一心走路，不再随着念跑。

比如睡觉的时候，心无所想，只是一心睡觉，不要去想之前的气愤或愧疚，无论如何，做过了就是做过了，对与错都无需计较，心回到当下就好。

如果习惯性地想了，及时地觉察到，从念里退出来，退回到觉知的状态，只是一心睡觉。哪怕睡不着，只要不起妄想，闭目养神，保持清醒的觉知，这样，比平时昏睡的质量还要好。

比如工作的时候，心无所住，成败得失，敢于承担。一味在乎别人的眼光，担忧结果的好坏，只是徒然耗费心力而已。

又比如，别人的一句话让自己起心了，别人的一个行为让自己起烦恼了，都要及时地觉察到，回到觉知，心甘情愿地退出来，不再随着情绪走。

《心经》的前三个字：观自在，观的意思就是觉。历事练心，在生活中每时每刻认认真真地去做，回到本来的觉知，回归平常的心态，如如不动，随遇而安。

不静下心去做，一遇到事情，心又动了，又起烦恼了，生活又怎会安稳静好？

心甘情愿，直面所有的发生

美国内科医生约翰·辛德勒有一本医学著作，书名就是《病由心生》。

有一个胃病患者，是一个杂货店老板，由于连锁店之间的激烈竞争，加上他的儿子经常到杂货店惹事生非，所以他经常感到胃痛。医生检查后说他得了胃溃疡，熟识的医生说不是胃溃疡，搞得他不只胃痛，而且头痛。后来他自己的几次外出旅游经历让他相信，他根本没有胃溃疡，他的胃痛，完全来自他内心的情绪。

书中有这样一段描述："每年他会去威斯康星州北部钓鱼，一年两次。每当到达离他家往北二十五英里处的贝尔维尔，走在那里的街道上，他的胃就不痛了。离家在外的两周之内，他的胃都不会痛。而一旦回家看到小镇的法院塔楼，胃痛又发作了。”

“斯人也而有斯疾也”，每个人的人生状态，不只会影响人生的幸福指数，更会直接影响每个人的身心健康。

同样的事情发生在梅奥诊所一位有名的医生身上，而且他知道自己的疼痛是怎么回事。书中写道：“只要在罗切斯特与病人打交道，忙得焦头烂额，他的疼痛就一刻不得消停。但只要他上了火车，抵达威诺纳。甚至火车刚刚开到横跨密西西比河的大桥中央，疼痛就消失了。直到火车重新驶入罗切斯特火车站，看到诊所的那一刻，疼痛又开始折磨他了。”

古罗马哲学家塞内加说：“情绪是身体的温度计，可以使人沸腾，也可以使人冷却。”沸腾与冷却，都是瞬间的事。

书中举了这样一个例子：“有一天，早上九点的时候，我们诊所抬来了一位病人。他太虚弱了，几乎走不了路，头晕目眩，无法站立。他的心跳快到了每分钟一百八十次。不但如此，他还在呕吐，大小便失禁。这样的状况在他入院后持续了三个月，有好几次我们都以为他活不下去了。

“直到那天早上的八点之前，他还是一个非常健康、身体强壮的人。

大约八点的时候，他走进妻子的卧室，发现妻子杀死了他们唯一的女儿，正准备自杀。从见到这一幕开始，他就一病不起。他没有患癌症、肺结核或是心脏病——尽管他虚弱得看起来好像同时得了这三种病。他只不过受到了强烈情绪的困扰。"

一次生活事件的强刺激，只需要一个瞬间，就可以轻易击垮整个身体的防御系统，即使是一个原本健康的人，也可以于一个瞬间，便如同罹患了绝症一般，身心俱损。

书中因此而总结了这样一句话："没有人能够对情绪性疾病产生免疫。"

当然，大多数情绪性疾病患者，都不是因为遭遇了强烈而可怕的事件，或者一连串的大灾难。相反，大多数情绪性疾病的病因，都是起源于一些看似不重要，但却循环反复的不良情绪，比如日复一日的焦虑、恐惧、气馁和渴望等。日积月累，积而成疾。

生活本身，是我们无法改变的。无论自然生态如何被破坏，无论生活遭遇如何破败，已经发生的一切，都已无法更改。唯一能改变的，就是自己的内心。让自己的心安于当下，活出生命的自在，活出生命的美好。

因为，最美的生命就在当下。昨日已逝，明日未至，唯有当下，最美丽、最真实。

书中这样写道："最少患有情绪性疾病的，是那些农民的妻子。她们往往都有好几个孩子要照顾，要看家，同时还要干农活。她们太忙了，以至于没有时间去闹情绪。有一次，当我问一位农妇是否曾经感到疲惫时，她回答道：'咳，二十五年前我就告诉自己永远不要问自己这个问题了'。"

一心一意，心甘情愿，直面所有发生的事，接纳当下的呈现，做好所有生活中自己该做的事。其实，一个人，若要不生烦恼，只要心甘情愿。如《中庸》所言：上不怨天，下不尤人。无论生活发生了什么，我心安然不动；无论人生遇到了什么，我心坦然接受。

改变，要心甘情愿！

一个人的习性，是生活长期以来形成的固有观念和行为模式，想要改，谈何容易。没有坚持不懈、坚定不移的毅力，想要改变，就只是一句空谈。

习惯了遇事抱怨，在抱怨心刚起的时候，能不能立即觉察？觉察到的时候，能不能甘于放下？不再找任何理由。

习惯了遇事拖延，在拖延症刚犯的时候，能不能立即警醒？警醒到的时候，能不能立即去做？不再找任何借口。

有一丝不甘，改变就成了空谈。想要改变，就要心甘情愿。

习惯了想要说服别人，下次，能不能先说服自己：试着接受别人的观点？每个人的观点，都有他对的一面。自己认为对的，也只是其中一面。

紧张，没有关系；接受紧张的状态，就会越来越自信。只要遇事不再退缩，即使内心紧张，没关系，带着紧张去做，把心放在所做的事情上，你会发现，很快，你就从容了。

没有你想象得那么可怕，所有的不可能，绝大多数，都是纸老虎。

只要坚持去做，心甘情愿；只要制心一处，一切皆有可能。

没有过去，没有现在

傍晚时分,两个行脚化缘的和尚走了一整天,终于遇到一家肯于施舍的炊饼店。两个和尚早已饥肠辘辘,抓起炊饼就吃,一口气吃了六张饼,还是没有吃饱。两个和尚对视一眼,不约而同拿起第七张饼,这次终于吃饱了。

师弟抚着圆滚滚的肚子,突然恍然大悟道:“早知道第七张饼就能吃饱,前面那六张饼不吃多好!”师兄看着师弟无邪的眼神,无奈地摇了摇头,类似这样的蠢话,师弟已经说过不只一次了。

早知如此,何必当初?类似这样的蠢话,我们是不是也说过不止一次了?

练过书法的朋友应该会有体会，几乎每个书法老师都会教给你握笔的手要自然放松，可无论老师怎么教，你的笔都会握得很紧，直到你苦练几个月之后才会恍然大悟：噢，原来握毛笔的手要自然放松！

可是，如果不经过之前紧握毛笔的阶段，怎么会有现在的放松？过去所有的人生经历，都是为了成全现在的自己。

学过太极的朋友也应该会有同样的体会，太极老师都会告诉你学太极不要太急，身体一定不要用力，你只需要放松、放松、放松……然而无论老师怎样强调，你全身的肌肉依然会绷得很紧，直到你冬练三九、夏练三伏之后才终于恍然大悟：嗨，原来打太极根本不需要用力！

可是，如果不经过之前肌肉绷紧的阶段，怎么会有现在的轻松自如？

每个人都想到达生命的顶端，在金字塔之上，出人头地，实现多年的夙愿。可是，饼总是要一张一张地吃，路总是要一步一步地走，台阶总是要一级一级地迈——无论在人生的旅途中经历怎样的坎坷，没有过去的人生经历，也不可能有现在的自己。

无论现在的自己过得怎样,都是过去的人生最美的成全。我们即使做不到感恩一切的苦难,但至少不要抱怨那些曾经伤害过你的人。

司马迁说:“盖文王拘而演《周易》,仲尼厄而作《春秋》;屈原放逐,乃赋《离骚》;左丘失明,厥有《国语》……”司马迁也因为受了宫刑,才有了名垂千古的《史记》。

如果生命中少了那些曾经的苦难,你可能就会缺失太多的感动、无限的温情、美好的回忆和意外的惊喜。